Margareta Jansen
De letzte Professa

*„Geschichte hett keen Geweten",
hett dor een seggt. „De Lüüd
bringt to Ehren, wat se vörher
kaputt maakt hebbt."*

*De beiden Benediktinerinnen-
Klööster dor op den Geestrand
vör Buxtu, dat Oole von 1197
un dat Nee'e von 1286 sünd
nich mehr. Dor is ok nich een
Steen, de noch vertellen kann.*

Buxtu - heute Buxtehude

Johann D. Bellmann

Margareta Jansen
De letzte Professa

HINSTORFF

Die Deutsche Bibliothek - CIP-Einheitsaufnahme

Bellmann, Johann D.:
Margareta Jansen : de letzte Professa /
Johann D. Bellmann. - 1. Aufl. -
Rostock : Hinstorff, 1998
ISBN 3-356-00788-2

© Hinstorff Verlag GmbH, Rostock 1998
1. Auflage 1998
Illustration auf dem Schutzumschlag: Dietmar Arnhold
Druck und Bindung:
Wiener Verlag GmbH Nachf. KG
Printed in Austria
ISBN 3-356-00788-2

Se schreeven dat Johr 1696

In Frankriek regier Ludwig XIV., de Sünnenköönig. De leet sien Sünn opgah'n över all sien Katholiken; un sien Protestanten joög he ut't Land, de weer'n för em Hugenotten, wat so veel heet as Geldstück mit weenig Wert.

In England regier Wilhelm von Oranien, in Rußland Peter I. un in Österriek Leopold I. Un de leeg in Striet mit de Türken un harr jüst den Prinzen Eugen von Savoyen to sien'n Böversten Suldaaten maakt.

In Hannover regier Kurfürst Ernst August mit sien Froo Sophie von de Pfalz un mit den klööksten Gelehrten to sien Tiet: Gottfried Wilhelm Leibniz.

Hier bi uns twüschen Werser un Elv regier von 1647 an de Köönig von Schweden dörch sien'n Generalgouverneur in Staad. Wokeen dor 1696 an de Reeg weer, weet ik nich. Dat deit ok nix to Saak. Von de Köönigsmarcks, mit de dat anfungen harr, weer dat keen; denn de letzte Köönigsmarck, Philipp Christoph, weer twee Johr tovör in Hannover in dat Leineschloß gah'n un nich wär vör Dag kommen.

Dor ward seggt, he harr mit de Prinzessin Dorothee von Celle, de Froo von den Kurprinzen, dörchbrennen wullt naa Italien oder jichenswohin. Em harr'n se dorüm an d' Siet bröcht un ehr naa Ahlden an de Aller in't Amtshuus, wo se nu op Levenstiet weer inhegt mit Utloop von dree Kilometer ümto.

Philipp Christoph sien Schwester Maria Aurora, geboren den 8. Mai 1662 in Staad, un den Naasnack naa de schöönste Froo to ehr Tiet, weer jüst bi August den Starken in Dresden, em üm Hülp antogah'n, de Mörder von ehr'n Brooder to sööken. Se güng em aver nich blooß

Staad - heute Stade

üm Hülp an, se güng ok mit em in't Bett. Un in'n August dit Johr wörr ehr een Jung'n gebor'n, den heeten se Moritz – un as Moritz von Sachsen is he nahstens Marschall von Frankriek worr'n.

Se sünd all in de Geschichts- un Romanbööker ingah'n, de sik dörch Döög un Undöög 'n Naam hebbt maakt – tomeist op anner Lüüd Kosten. Un veel anner ok.

Nich dorin ingah'n sünd de Lüüd ut dat Nee'e Klooster bi Buxtu, de jüst dit Johr, as de Sommer so brannerig heet weer, dat de Bremer tofoot dörch de Werser kunnen gah'n, Agnes von Scharnebek, de letzte Domina, to Graff bröchen. Un nu weer Margareta Jansen de ultima professa, de letzte Konventualin in dat Klooster, dat keen Klooster mehr blieven schull. De Schweden un jüm ehr lutherisch Konsistorium in Staad harr'n dat föftig Johr tovör al verbaaden, dat dor nee'e Nonnen in't Klooster kommt.

Von Margareta Jansen un ehr Lüüd will ik vertellen.

KLIO

Twee Duuven flöögen op ut dat Neeklooster Holt. Se fluddern utlaaten rund üm sik to un steegen hööger un hööger – liek op de wittduunig Sommerwulk to, de dor enkelt vör de Sünn hüng un för'n Oogenblick Schatten smeet op de dree Fischdieken un op dat Klooster.

Mitmaal leeten se sik fallen, steenswaar mit anleggt Flunken, stuuf op den Gertrudendiek daal, bit achter de Reetwand, keemen aver gliek wär to Hööcht un över Reet un Damm op den Möhlendiek toschaaten. Dor nu jaagen se een achter de anner her, seilen dwars un dweer, maal op dat Ööver to, maal naa de Mitt von den Diek, maal mannshooch un maal so dicht över't Waater, dat jüm ehr Flunken den Speegel ritzen un Aanten un Bleßhööhner naa Siet pladdern.

Blooß de oole Swaan reck den Hals un swümm jüm to Mööt, as se em un sien'n Anhang to nah keemen. To töögen se vör em hooch un dreih'n överstüer naa de Möhl to af, de dor an de anner Kant von de Poststraat över den Möhlendamm blangen dat Klooster leeg. Un von dor flöögen se op den Kloosterkarktoorn to.

Un jüst harr'n se anfungen, dat utlaaten Speel üm den Karktoorn rüm wietertospeelen, to brööken se't verjaagt af un kippen schreeg daal, elkeen na een anner Siet – weg von de Kloostergeschichte, de dor op den lütten Karkhoff achter den Kloostergaarn mit dat vörletzte Kapitel to End güng.

Duer aver nich lang, to kurven se, de een naa rechts, de anner naa links, in, bit se över dat Ilsmoor wedder tosaamen keemen. Denn flöögen se op den Karktoorn von Buxtu to.

Dor op den Karkhoff achter den Kloostergaarn dä sik, wat sik ümmer deit, wenn een sien Daag hier to End bröcht hett, un Pater Reinbrecht harr seggt, wat noch seggt warr'n mutt. He harr sik an de oole Regel hool'n, de dor seggt: De mortuis nihil nisi bene. Dat meent: Över de Dooden schall een nich slecht snacken. He harr't ok nich daan, he harr aver ok man weenig to goot seggt över een Froo, op de all, de se dor stünnen, nich goot to snacken weer'n, op weenigst de Lüüd, de Dag för Dag mit ehr to doon hatt harr'n.

Agnes von Scharnebek harr all ehr Daag mit sik un mit de Welt verdweer legen. Un se harr dat marken laaten, op mehrst ehr Kloosterschwestern. Ehr knaakig Maagerlief weer heel un deel dörchsuert von Haß geegen den Lutherglooven, un se harr elk un een'n in Verdacht, op de anner Siet to stah'n, ok Pater Reinbrecht.

Un dat weer nich ut de Luft grepen – un doch verkehrt. Pater Reinbrecht wüß, wo he stünn, aver nich, wo he mit sik övereen stah'n kunn. De oole Gloov düch em nich recht un de nee'e nich richtig. „Mit den rechten Glooven hett sik dat wat", harr he maal seggt, „de is ut Bööker nich ruttolesen un mit den Bischofsstohl nich mitgeven. De Gloov", meen he, „hett Wohnungen, aver keen Huus." Aver he harr sien Hin-un-her nich marken laaten, schoonst he Ursaak noog harr, jüst an Schwester Agnes to wiesen, wo scheef un grantig Frommheit, de sik fastkielt hett, vör Dag kommen kann.

He harr't nich seggt. He harr de letzte Domina von dat Nee'e Klooster naa Recht un Ritus katholisch ünner de Eer bröcht, hier op den Kloosterkarkhoff, so as se dat harr wullt, un nich in'n Krüüzgang von dat Klooster, wo se bit nuto all de Dominas harr'n bisett.

Nu segg he dat Paternoster un den Segen un stünn noch 'n Stoot still, as överlegg he, wat he nich doch noch wat to seggen vergeten harr oder noch wat baabenher seggen müß. Un as he hoochkeek, seehg he twee Duuven op den Karktoorn tofleegen un in utlaaten Speel dor rund ümto fluddern – bit se miteens stuuf daalschööten, elk naa een anner Siet.

He keek jüm naa, behööl aver blooß de in Sicht, de naa dat Ilsmoor to flöög. Un he vergeet de Duuv, un he seehg den blauen Strek dor güntsiet de Elv, de Süll mit den Süllbarg, un naa Noordosten to den Karktoorn von Buxtu un denn den boomdichten Geestrand üm sik to, wo se dat Klooster boot harr'n vör veerhunnertunteihn Johr – op dat Johr 1286 – hier an den Bredenbek, den se nu Möhlenbek heeten, dorüm dat se mit dat Klooster een Möhl harr'n boot un den Bredenbek ton Möhlendiek harr'n opstau'n laaten.

So weer de Geschichte anfungen, de nu al över hunnertunföftig Johr to End güng – von de Tiet an, as de Lutheraner de Baabenhand kreegen un naa den Grooten Krieg de Schweden dat Seggen in de Regierung. – Dat hier weer dat vörletzte Kapitel.

Un as düch em de Truerfier to lang un de Geschichte, de dor to End güng, eerst recht, füng dor een Häger in de Steeneek op den Kloosterhoff an to sparken un krakehl sik över de Truergäst weg.

Pater Reinbrecht keek verstutz hooch – un nick denn Jungfer Margret to. Un Margareta Jansen, de stille Margret, de se Jungfer heeten, so as se all de Nonnen harr'n heeten, blooß Schwester Agnes nich, to ehr harr'n se Domina seggt – Jungfer Margret güng nu an dat opsmeten Graff un bleef dor, ohn sik to röögen, so lang stah'n, dat de Truergäst dachen, se wull ok noch wat seggen un söch naa Wöör. Se dä't aver nich. Un wenn se't daan harr, denk ik, harr se so seggt:

„Nu büst du beet, du opsterrsch Wief. Wat hest du uns de Daag versuert, wat hest du muulsch un mucksch de Sünn dootkeken un uns mit spitze Tung'n dien steken Wöör in't Fleesch rinstött! De Vaagels weeren di to luut, de Fisch to liesen un de Bloomen giftig bunt, de Bööm harr'n to veel Twieg un de Twieg to veel Blö. Wokeen denn hett di so vergrellt, dat noch dien Uhl'ngesicht de Uhlen in de Nacht verjöög?

Aver wat kunnst du singen! Wat hett dien Stimm de Kark opklaart un uns den Kloosterglooven in't Geweten roopen! Wat dröög se uns an elkeen'n Morgen in den Dag un noch an'n Aabend troosthell in de Düüsternis!

Nu sing du mit de Engel! Aver kiek jüm jo nich an! Du hest dat nie verstah'n, dat een Gesicht dörch Lachen een Gesicht eerst ward. – Gott wees di Goot to!"

Aver se segg dat nich. Se slöög dat Krüüz un legg den Struuß von Margueriten, den se de ganze Tiet dor vör de Bost harr hool'n, op den gelen Sand blangen dat utsmeten Graff un dreih sik denn de Truergäst to.

Un de verwunnern sik. Se weer'n op annerswat verhofft, nich op een hell un meist un meist vergnöögt Gesicht, dat jüm dor een naa'n annern liekut ankeek, so as se dor de Reeg naa stünnen.

Pater Bernhard toeerst, den oolen Preester för dat Oole Klooster, de ok ehr Bichtvadder weer un von amtswegen de Doodenmeß för Schwester Agnes harr hoolen müßt un nich Pater Reinbrecht, de to dat Nee'e Klooster gaar nich tohör un bloß von Tiet to Tiet mit eegen Opdrag dor Statschoon möök un mehrsttiets länger bleef, as he woll schull. – Aver dat is eerstmaal noch een anner Geschichte. – Schwester Agnes harr Pater Bernhard noch weeniger mücht as Pater Reinbrecht. He weer ehr to traanküselig. „He sluert an lahmen Stock blooß noch so hin un will nich witt un nich swatt; Pater Reinbrecht will beid's, un dat is jüst so leeg, aver beter as nix; he schall mi de Doodenmeß lesen", harr se seggt.

Un Pater Bernhard Staudt weer dat recht, em güng nich veel mehr naa. He harr sien Hüsung in dat Nee'e Klooster towiest kregen un müß nu Dag för Dag naa't Oole Klooster gah'n, de Meß to lesen för de beiden Jungfern, de dat dor noch geef.

Wohnen dröff he dor nich. In de Wohnung, de em tostünn, harr'n se lutherischen Paster sett, een'n ut dat Klooster Nee'enwohld bi Cuxhaaven, wo dat al lang keen Jungfern mehr geef. De dor weer'n wän, weer'n all evangelische Stiftsdamen worr'n, un Paster Heribert von Schapen, so sien Naam, harr dor woll düchtig wat an daan. Un to evangelische Stiftsdamen schull he woll de Jungfern von dat Oole Klooster ok maaken. Dat weer em aver nich glückt. Nu lev he al nich mehr. Aver sien Froo, de lev noch un wull dor togeern wohnen blieven. Se weer sülven Kloosterjungfer wän, ehr dat se sik verheiraat harr, un wull woll geern ok de Stunnengebete mitbeden, nu se wär alleen weer. Dor wullen aver de Jungfern von dat Oole Klooster nix von weten. „Dat spitznäst Wief", harr Schwester Agnes dorto seggt, „dat rüükt doch gliek, wonehm de beste Braaden dampt." – Dor weer aver gaar keen Braaden, de dor noch dampen kunn in dat Oole Klooster un in dat Nee'e ok nich.

Un blangen Pater Bernhard stünn Susanna Hauenschütz, de een von de Jungfern ut dat Oole Klooster, de anner, Metta von Langenbek, weer nich mitkommen; se weer nich mehr so goot tofoot, dat se de veerduusend Schritt, de de beiden Klööster ut'nanner leegen, noch harr loopen kunnt. Un 'n Waagen anspannen dä för jüm keen Kutscher mehr.

Un blangen Susanna Hauenschütz stünn Tirso Schevena – Tirso de Schevena, as he ümmer segg, wenn een dat „de" vergeten dä. Den sien Gesicht weer towossen mit Haar, se keeken em ut Näs un Ohren, un Kopp un Baart weer'n so un so een kruuse witte Wull. Schaapskopp heeten se em. Un dat nich wegen de Wull, de jüst noch Näs un Ohren freegeef. He weer de Organist un harr doch man blooß söven Finger. De annern weer'n in'n Krieg verlustig gah'n, in'n letzten Krieg geegen de Stadt Buxtu op dat Johr 1675, as de kaiserliche Reichsexekutschoon geegen de Schweden opmarschier, dorüm dat se in Brandenborg weer'n infollen. De Kurfürst von Brandenborg harr jüm bi Fehrbellin mött un krüüzlahm haut, un de Kaiser in Wien leet jüm in jüm ehr Rieksland Bremen-Verden noch een'n mit 'n Foot geven. Tirso weer tomaals mit de Münsterlandschen kommen, un de harr'n noch nich wüßt, woans dat Kriegspeel'n geiht un weer'n gliek den eersten Dag geegen de Stadt anloopen. Tirso mit de Trummel vörop. To harr'n de Schweden ut de Stadt ruut em de Trummel ut de Hand wegschaaten un gliek dree Finger mit, un he harr so luut bölkt: Dat ganze Regiment harr't hört un weer trüggutgah'n. „He hett mit sien Gebölk de Büxen so dull flattern maakt", segg een, de mit dorbi weer, „dat uns de Wind von vörn naa achtern dreih."

To harr'n se em in't Klooster bröcht, sien Weehdaag to kurier'n. Un as he utheelt weer, to weer'n de Kaiserlichen weg un he dat Kriegspeel'n leed un wull dor nich mehr achterher. He wüß ok nich, wokeen sien Öllern weer'n un wo un wann gebor'n. He vertell maal so, maal so un faaken noch ganz anners. To hett Domina Agnes em to den oolen Organisten in de Lehr geven. Dat weer mit söven Finger man son Saak. „He speelt as dat Schaap blarrt", harr se seggt, „ümmer kort af un mit Meckern achterher." Wat een sik dor nu ünner vörstell'n schull, wüß se woll sülven nich.

Un blangen Tirso Schevena stünn Baltzer Brandel, de Küster un Dörensluuter, de mit den hellen Kopp. De weer ok mit de Münsterlandschen kommen un harr sik, as se wegtöögen, in't Klooster versteken. Se harr'n dat naa dree Weken eerst markt. Bit dorhin harr Jungfer Margret em dat Eten tosteken. As he vertüüch keem, weer he liekers afmaagert un harr 'n kahlen Kopp. „Den sünd för Angst de Haar wegloopen", harr Schwester Agnes seggt, „nu geiht he as de Maand op twee Been un denkt, he schient."

Un se harr recht. Dor wüß ok nich een Halm mehr op sien Dötsenweid. Blooß üm de Ohren to seet noch een Kranz von fluusig Fransen, dat een kunn denken, he weer een Kloosterbrooder von de frömmste Aart. Un dat weer he jüst nich. He weer een Fraagnarr un Glööfnichveel, de Pater Reinbrecht an't Studieren bröch. Un Pater Reinbrecht weer dat mit. „Wat Bööker dootschrieft", harr he maal seggt, „dat maakt Baltzer levig."

As he ut sien Verstek rutkeem, harr'n se em fraagt, wat he denn nu weer, katholisch oder evangelisch, to harr he seggt: „Dat 's mi egaal. De een Kark is't nich wert, dat 'n in ehr ringeiht, un de anner nich, dat 'n ut ehr rutgeiht." Un dat gefüll sogaar Domina Agnes, un se behööl em.

Ja, un denn stünn dor de Vaagt un Amtmann Johann Bärgs, breet un stevig un 'n halven Kopp grötter as dat anner Volk ümto. Aver so stevig he stünn, so stökerig weer he to Been. He kunn ohn Stock nich gah'n. He weer knaakenkrank, un se weer'n all in Sorg, dat he bald sien Amt müß afgeven un denn een keem, de dor mit nee'en Bessen scharper dörch dat Klooster feg – jüst nu, wo dor man noch een Jungfer in dat Klooster weer.

Un de dor groot in Sorg üm weer, stünn blangen em: Lorenz Dammann ut Händörp, de Hülpsmann in de Möhl un Kloosterknecht för all-wat-gifft-to-doon. He weer von Huus ut Buer un weggah'n von den Hoff. Sien Vadder harr sien Froo Maria dat Leven so versuert, dat't nich uttohoolen weer, un se harr gah'n wullt. Un as Maria ehr Brooder, Hinnerk Richers, de Kloostermöhl in Pacht harr nahmen, to weer'n se to em taagen. Hinnerk weer noch nich verheiraat, un Maria möök em den Huushalt un hülp in de Kloosterkök mit ut.

Un denn stünn dor de Amtskrööger un Brooereemeister Daniel Hinck un blangen em sien Froo Dora. Un Dora harr dat Oog noch blau, dat Jochen Dammann, Lorenz sien beestig Vadder, ehr dor anmaalt harr, veer Daag tovör. He weer mit duunen Kopp in'n Kroog to Kehr gah'n, un Daniel harr em vör de Dör sett. To weer Dora em naagah'n, optopassen, dat he nich noch maal an de Kloosterpoort güng un dor Schandaal möök un Lorenz, sien'n Öllsten, trügghol'n wull naa Huus – jüst nu, wo Schwester Agnes op't Starvensbett leeg, un se wull oppassen, dat he nich in'n Möhlendiek lööp, wo s' em al maal ruttaagen harr'n ut den Mudd. Un Jochen harr dat markt, dat em een naagüng. „Scherr di naa Huus!" harr he bölkt un sik ümdreiht un gliek mit de Fuust uthaalt un Dora naa 'n Kopp slah'n. To harr se opschreet, un Daniel weer kommen. Un de harr em an'n Kraagen kregen un dree-veermaal in'n Möhlendiek rinstuukt. Un Jochen harr Kotz un Waater spuckt. Un as he Luft holt harr, harr he seggt: „Nu is mi beter. Good' Nacht ji beiden, slaapt man goot!"

Un an de Möhl harr'n Hinnerk Richers un Lorenz stah'n, de weer'n opwaakt von de Schree'eree un hemdsteerts op de Straat to loopen. „Dat weer een Bild ton Gotterbarmen", harr Daniel nahstens seggt, „Hinnerk hooch un root vör Wut un Lorenz daalduukt vör Schaam över sien'n Vadder." De Geschichte weer gliek rümloopen in't Klooster un ok an Schwester Agnes ehr Bett kommen; aver de harr al nich mehr hinhört, anners harr se woll wat to seggen wüßt, wat noch mehr blaue Pläck harr geven.

Un nu stünn Dora dor un versöch mit dat Koppdook dat blaue Oog to versteken. Dat seehg lachputzig ut. Se aver ween. Se weer de eenzige Truergast, de ween. Se ween aver nich üm Schwester Agnes, se ween üm ehr beiden Jungs. Se ween ümmer üm ehr beiden Jungs, wenn se op 'n Karkhoff güng. Aver dat is ok een anner Geschichte.

Ok Jungfer Margret wull dor nich an denken. Se keek von Dora weg un seehg achter ehr den Scheeper stah'n: Jochen Thielen. Aver an em un sien Geschichte wull se noch weeniger denken, un se kreeg Ungedüür, un ehr Oogen flöögen över de Lüüd, de dor ut Händörp, Nottmersdörp un Bliersdörp un ut de Stadt Buxtu kommen weer'n, un se söch een Gesicht, dat ehr den Afgang tospeelen schull, ohn dat se von Geschichten daaldrückt wöör, de so un so op anner Schullern leegen, un se fünn

Christoffer Hauschild, den Snieder, un blangen em sien Froo Elisabeth. Een schall den Minschen nich sien Utseeh'n anhingen, dat hingt em so noog an. Aver stell du maal een Bohnenstang'n un een'n Kürbis blangen'nanner un stell di vör, de beiden sünd verheiraat – un denn swieg still. Schwester Agnes harr dor nich to swegen; aver wat se seggt harr, weer so antöögsch dwatsch, dat't een an't aapen Graff nich denken mag. Christoffer un Elisabeth harr'n keen Kinner, un se harr'n dor Kummer von. Dor weer denn Dora Hinck de Froo, de Elisabeth noch tröösten müch. „Frei di, dat du keen Kinner hest", harr se seggt, „denn kannst d' ok keen verleer'n." Aver Troost harr Elisabeth dor nich von.

Un denn kreeg Jungfer Margret den to seeh'n, den se nich överseeh'n hemm wull: Magister Fexer, den gottklooken Paster ut Abbenhuusen op den Delm. Un as se em nu liekut ankiekt, markt se goot, dat he as Truergast dor steiht un nich as Oppasser, de sien lutherischen Schaap de rechte Karkenweid will wiesen. Aver dat wüß se lang al. – Mit sien Schaap hier in Neeklooster harr sik dat wat. Se güngen ungeern naa sien Kark in Abbenhuusen, wo se von amtswegen hinhör'n dän. To Hochtiet un to Kinddööp ja, dor hol'n se sik den evangelischen Segen in de Abbenhüüser Kark, so as de Karkenböversten in Staad dat fastsett harr'n. To Sünndagskark aver weer'n se faaken noch in't Klooster gah'n, Schwester Agnes singen to hör'n. Dat schull nich wän, weer aver ok nich verbaaden.

In dat Oole Klooster harr'n se't anners maakt, dor harr'n se twee'erlei Kark fastsett, maal kathoolsch för de Kloosterlüüd, maal evangelsch för de Lüüd in't Dörp.

As aver Heribert von Schapen storven weer, harr'n se Ooldklooster to de Stadtkark St. Petri toslah'n.

So richtig harr'n se't in Neeklooster ümmer noch nich faat, dat mit kathoolsch un evangelsch. „Wat schall dat ok", so harr'n se seggt, „wi hebbt 'n Kark in'n Dörp, wat möt wi dor naa Abbenhuusen gah'n. De Abbenhüüser kommt ok nich naa uns."

Magister Fexer harr de eerst Tiet Arger dorvon hatt un maalins seggt: „Nu laat den oolen Glooven maal to End sik singen!" To harr'n se antert: „Wenn du so singst, as Schwester Agnes singt, kommt wi to di."

„Dor maak wat an", harr he to Amtmann Bärgs denn meent, „de gräsig Olsch, de singt den Papst noch trügg."

Un Johann Bärgs harr antert: „Worüm ok nich. Un mi is dat liekveel, wat dor de Paster nu verheiraat is oder he is dat nich. Hauptsaak is, ik heff een Froo in't Bett." – To güng he noch op fasten Foot un nich an'n Humpelstock; un de gräsig Olsch süng nu nich mehr.

Un Paster Fexer harr den Arger lang vergeten. Pater Reinbrecht un Dora Hinck ehr beiden Jungs harr'n em op anner Sorgen bröcht. Dor müß Jungfer Margret an denken, as se em noch maal fraagwies ankeek.

Un to kreeg se de Deern to seeh'n, de dor blangen em stünn. De kenn se nich. De keek dor half verjaagt un half verwunnert op ehr to. Un as se ehr nu ok so liekut ankiekt, sleit dat Wicht de Oogen daal. To ahn' ehr wat, un se wull tööven, bit de Deern wär hoochkeek. Se dä't aver nich, se güng sogaar noch wat trüggut un stell sik achter den Magister.

To bröök Jungfer Margret de Musterung af. Se nick blooß noch den Amtsschriever Samuel Franck to un Christine, de oole Kloostermagd, de so oold gaar nich weer; aver doch al so lang in't Klooster, as weer s' dor ümmer wän. Dat Tonicken schull woll heeten: „Na denn, wi beiden noch!" Denn dreih se sik üm un güng mit lichten Foot von't Graff weg un op de aapen Kloosterpoort to.

Un de dor stünnen, keeken ehr verwunnert naa. Dat weer nich Mood, dat de, de dor de Nööchste to de Doode weer, toeerst von'n Karkhoff güng.

Jungfer Margret dä't. Se güng liekut ut't Klooster ruut un stünn nu vör de Kloosterpoort dor an de Poststraat hin naa Staad. Un keen kunn ehr vermahnen, dor to stah'n. Dor harr ehr so un so al lang keen mehr vermahnt, nu aver kunn't ok keeneen mehr. Se weer ehr eegen Domina. Un wat ehr alltiet Angst harr maakt, dat düch ehr nu een todacht Gaav.

„Du büst narrsch", dach se, „du büst een narrsch oold Wief." Se keek in de Sünn, un se kunn ehr nich ankieken, de Sünn weer grell un stekig, de kneep ehr de Oogen to. Aver se kunn hör'n. Se hör dat Simmen von de Mükken üm sik to un dat Plüttschern von dat Diekwaater över dat Siel blangen de Möhl un dat Naaschüümen ünnen in'n Bek. Un denn hör se den Opslag von Pärfööt. Un se möök de Oogen op, un se seehg de Postkutsch von'n Händörper Barg rünnerkommen. De Pär güngen Drapp, un de Kutsch schlungs dörch de Slaglöcker, un de Kutscher stüer de gröttsten ümto. Un dat Pärtrappeln keem nööger un wörr luuter un pulter över de Sielbrügg op ehr to. Un de Kutscher keek ehr groot an un töög den Hoot, so as he ümmer dä, wenn he een von de Jungfern to Gesicht kreeg, slöög aver toglik mit de anner Hand mit dat Leit naa de Pär, de dor in'n Schritt fall'n wull'n un woll gaar anhool'n. He wull aver nich anhool'n, he schünn de Pär noch maal naa, un de Kutsch rummel an Amtskroog un Klooster vörbi op de von Boomschatten indüüstert Straat – hin naa Buxtu.

Jungfer Margret keek ehr naa. Un denn hööl de Kutsch miteens doch an. Un de Kutscher steeg af un stünn dor un keek naa Jungfer Margret hin – un se naa em. So stünnen se dor dree-veer Oogenopsläg lang; denn stegg de Kutscher wär op un föhr wieter.

Jungfer Margret güng över de Straat un twüschen dat Broohuus, dat se nu Amtshuus heeten, un Christoffer Hauschild, den Snieder, sien Wohnhuus dörch op dat Vörwark to. Dat Vörwark, dat weer de Buernhoff för dat Klooster wän mit Stallungen för Kööh un Pär un Schaap un Swien, mit Schuppen för Plöög un Egen un Waagen un mit de Koornschüün. Nu hör dat all nich mehr to dat Klooster to. De Schweden harr'n dat Klooster mit Ploog- un Forstland, mit Stallungen un Veehwark säkularisiert, dat meent, se harr'n't de Kark wegnahmen un an den Staat geven. Toeerst harr'n se't an enkelt Lüüd verschenkt: Dat Nee'e Klooster an den Generalmajor von Linde, dat Oole Klooster an den Bischof von Strängnäs. Dat harr jüm ehr Köönigin Christine gliek naa den Grooten Krieg daan. As se aver weer katholisch worr'n un naa Rom gah'n, wull de Rieksdag in Stockholm dat nich mehr gell'n laaten. He nöhm, wat se verschenkt harr, trügg, un möök dor Staatsdomänen ut un bestell 'n Vaagt as Verwalter. Un disse Vaagt weer togliek ok Amtmann för dat nee inricht Amt Neeklooster. Dat Klooster sülven harr'n se nich anfaat. De Nonnen, de dor weer'n, dröffen dor ok blieven un müssen von den Vaagt versorgt warr'n, jüstso as de Generalmajor von Linde jüm harr versorgen müßt. Nee'e Nonnen aver dröffen se nich opnehmen.

Un ik bün nu de ultima professa, de letzte Konventualin, dach Jungfer Margret. Se dach dat al von den Oogenblick an, as Schwester Agnes inslaapen weer. Un se wull sik dat ut 'n Kopp slah'n un kunn't nich.
Dat Vörwark leeg as toslaapen. Wat 'n Wunner ok, de Lüüd weer'n all op 'n Karkhoff. Blooß de Schaap blarr'n, de tööven op Jochen Thielen, den Scheeper, un de wull woll bald kommen. Se güng dat Vörwark vörbi un böög op den Footstieg rund üm de beiden Fischdieken.
Un denn stünn se an'n Paterborn, den se instmaals Marienborn harr'n heeten un jichenswann den Naam Paterborn harr kregen. Wann un worüm, dor geef dat veel Geschichten över. Disse Born, de dor to Fööten von den lütten Anbarg leeg, in Steen infaat, un Waater ut de Eer ruutdreev, warm un stüddig, un de in'n Winter nich infreer'n dä, in'n Harvst aver tofüll mit Loov, dat em een elkeen'n Dag müß reinhool'n, de weer de Ursaak wän, dat se dat Klooster hier an'n Bredenbek harr'n boot. Un de Kloosterkark harr dorvon den Naam Marienkark kregen oder de Born von de Kloosterkark den Naam Marienborn. So genau wüß dat keen mehr. „De Geschichte hett keen Wohrheit", segg Pater Reinbrecht, „de Wohrheit hett Geschichten."
De Weg üm de beiden Dieken, de grööne Krüüzgang heeten, de harr ok sien Geschichte. Aver dor wull se nu nich an denken. Se wüß ok nich, wo se an denken wull. Dor lööpen ehr so veel Biller dörch den Kopp von Schwester Agnes ehr letzten Daag – trügguut un vörto, un se kunn dor keen Reeg in hool'n, un se kunn jüm nich mööten … Se wull sitten gah'n un op dat Sünnenglinstern dor op den Diek un in de Bööm kieken, dä't aver nich. Dor weer to veel Unrast in ehr, un se güng op den

Damm to, de den tweeten Diek von den drütten afgrenz, den Gertrudendiek von den Cäciliendiek. An'n End von den Damm, teihn Schritt naa links an den Cäciliendiek, dor stünn de Dreestammeek, dor güng se hin un bleef 'n Stoot lang stah'n un legg de Hand an elkeen'n Stamm un segg: „Oda, Beeke un ik."

Un ehr se noch an Oda un an Beeke denken kunn, quark dor een Aant von den Diek to to ehr her, un se verjöög sik un dreih sik üm. Dor stünn aver keen Beeke un keen Oda achter ehr, un dor keem ok keen op ehr to ...

To dach se miteens an de Deern, de dor blangen Magister Fexer harr stah'n, un se güng rischfoots naa't Klooster trügg, un se güng dörch de aapen Poort, un Baltzer Brandel stünn dor un harr tööft un slööt de Poort achter ehr to.

Un dor stünnen se nu vör de Karkendör, jüst dor, wo se vör 56 Johr harr stah'n, as de Schulten von de Lüh ehr in dat Klooster harr bröcht: Dor stünnen nu de Magister Fexer, de Deern un Pater Reinbrecht.

Anners weer dor keen. De Truergäst harr'n sik verloopen. Ok Pater Bernhard un Susanna Hauenschütz weer'n al trügg naa't Oole Klooster gah'n – un de Kloosterlüüd an de Arbeit.

Se verstutz 'n Oogenblick un güng denn op jüm to. Un Magister Fexer seggt: „Ik heff di Heidewig bröcht. Se will di, wo se kann, to Hand gah'n."

Un Jungfer Margret kiekt dat Wicht an, un dat Wicht kiekt ehr an, un Jungfer Margret nickt ehr to un seggt: „Schöön, wi gaht gliek to Vesper in de Kark!"

De Vesper-Glock harr aver noch gaar nich anslah'n. Un Magister Fexer wull ehr noch verklaar'n, woher de Deern kummt un woso; aver Jungfer Margret lett't nich to un winkt af un seggt: „Dat kann de Deern mi sülven seggen." Denn gifft se Heidewig mit de Hand dat Teeken mittogah'n. Un se gaht dörch de Mitteldör in de Kloosterkark. Pater Reinbrecht kiekt Magister Fexer an, tüht mit opbört Arms de Schullern hooch un geiht achterher.

In de Kark sitt Tirso de Schevena al lang an de Orgel un speelt för Schwester Agnes. He weer de eenzige, den Schwester Agnes keen scharp Woort in't Gesicht harr seggt. Se harr em hoolen as een'n utsett Moses, den se an'n Nil harr funnen un in't Huus rinbröcht, liekers se sien Orgelspeel nich hören müch un dat ok, wenn he nich dorbi weer, segg. Un as se em dat todraagen harr'n, to harr he seggt: „Se singt ok beter, as ik speel."

Jungfer Margret wies Heidewig in de eerste Bankreeg vör den Chor. Se sülven geiht – as ümmer – in den Chor to rechten Siet un Pater Reinbrecht to de linke. So harr'n se't hool'n, as Schwester Agnes weer ton Liggen kommen. Woans ok harr'n se't anners maaken schullt bi't Chorgebet, wo een den annern Antwoort geven mutt.

As Tirso Jungfer Margret un Pater Reinbrecht kommen seehg, bröök he sien Orgelspeel af. He wunner sik, dat de Vesper vör de Tiet schull anfang'n. Dor weer noch keeneen dor – blooß een Jungdeern seet dor in de vörste Bank. De harr he noch nich seeh'n.

Un Jungfer Margret les den Psalmentext, un Pater Reinbrecht geef Antwoort, un Heidewig hör to. Se hör:

Praesta, quaesumus, Domine: ut anima famulae tuae Agnes Priorissa, quam in hoc saeculo commorantam sacris numeribus decorasti; in caelesti sede gloriosa semper exsultet. Per dominum nostrum.

Wat Heidewig dorvon hört hett un wat ehr dörch den Kopp gah'n is, weet ik nich. Wat schall een Deern, de unverhofft dat eerste Maal in een Kloosterkark sitt un gliek een Vesper-Hora to hören kriggt, ok denken?

Naa de Vesper nöhm Jungfer Margret ehr mit in den Reemter, dat is dat Huus, wo de Jungfern slaapt un eet. Den Slaapsaal heet se Dormitorium, den Etsaal Refektorium. Dat segg aver Jungfer Margret nich gliek, se segg: „Wi gaht nu to Christine in de Kök."

Un Christine dä, as wüß se all Bescheed un fröög, wat se de nee'e Maagd de Kaamer wiesen schull, un Jungfer Margret segg, dat bruuk se nich, dat wull se sülven doon.

Un se wies ehr nich een von de Deensten-Kaamern to, se wies ehr een von de Jungfern-Kaamern in dat Dormitorium to. Noch op de Trepp hooch harr se dacht, se wull ehr Beeke ehr Klausur-Kaamer geven; aver miteens stünn se vör Oda ehr un möök de op. Un as se noch verhoff un ok de Dör wär todoon wull, weer Heidewig al togah'n. Un se kreeg de Kaamer, de Oda von Rönn harr hatt.

Denn güng Jungfer Margret, schier mit sik verbiestert, in ehr eegen Klausur-Kaamer. Un se stell sik an't Finster, un se keek över den Kloostergaar'n naa den Karkhoff, un se wunner sik, wo weenig se an Schwester Agnes dach un wo veel an de Deern, de ehr dor tokaamen weer.

Naa'n Aabendeten geef Pater Reinbrecht ehr 'n Breef. He segg, den harr Schwester Agnes em geven, un he schull ehr den eerst todoon, wenn se nich mehr weer. Un Jungfer Margret les de Opschrift, un se seehg de Handschrift von Margret Visselhövede, ehr eerst Domina, bi de se harr lesen un schrieven lehrt. Un ehr ahn', wat dorin schreven stünn, un se harr Il, em optomaaken – un dä't denn doch nich.

Se güng dormit op ehr Klausur-Kaamer, steek een Talglicht an un les de Opschrift noch maal – un legg em denn in ehr Schatull. – Un se dach an Heidewig, un se nöhm sik vör, ehr dat Klooster to wiesen.

KALLIOPE

De Kloosterdag fangt mit de Laudes an, mit dat Chorgebet an'n Morgen, Klock teihn Minuten vör söven; halbig acht denn kummt de Eucharistiefier oder de Meß, Viddel naa twölf dat Chorgebet ton Middag, Klock fief de Vesper un Viddel vör acht de Complet, dat Aabendgebet. So harr'n se't in Neeklooster hool'n de letzten Johr'n.

Frööher weer dat noch wat anners wän, to harr'n se söven Chorgebete hatt; aver dat harr'n se opgeven as dor man blooß noch negen Konventualinnen in dat Klooster weer'n. Jungfer Margret harr dat nich mehr anners kennenlehrt. Se wüß aver, dat de Kloosterdag von rechtens mit de Matutin anfangt, mit dat Nacht- un Morgengebet meer'n in de Nacht, wenn de Sünn dat eerste Licht dörch't Düüster schickt, denn schreven steiht: Düüsternis leeg op de Eer, un Gott segg: Licht schall warden! Un to wörr ut Aabend un Morgen de eerste Dag.

För Heidewig füng de eerste Kloosterdag mit de Laudes an. Christine harr ehr roopen; aver se harr al lang waak legen un stünn gliek praat. Un se güng mit Jungfer Margret in de Kloosterkark. Pater Reinbrecht weer al dor, un Tirso speel de Orgel. Un so as an'n Aabend vörto hööl he op mit't Speelen, sodraa Jungfer Margret sik in ehr'n Chorstohl harr sett. Un se füng an, de Laudes to lesen, un Pater Reinbrecht geef Antwoort, wenn se ehr'n Part harr seggt. Hööl he denn op, sett Jungfer Margret gliek wär in.

Un Heidewig wörr nu eerst wies, dat se keen Woort verstünn. Den Aabend vörher harr se dacht, se harr woll nich noog tohört. Se harr ok nich wüßt, wohin mit all de

Welt, de dor miteens üm ehr to un bi weer. Nu aver hör se Wöör so snackt, as weer'n se sungen. Un 't duer nich lang, to düch ehr meist, se kunn verstah'n, wat dor wörr seggt, schoonst doch keen Woort dortwüschen weer, dat se harr jichens hört. Un je mehr se hinhör, je mehr füll ok dat Gräsen von ehr af, dat ehr to Huus weer tostött.

Se seehg de Morgensünn dörch all de spitzbaagig sik hoochrecken Karkenfinster infallen un üm den Altar un de Chorstöhl glinstern, wo Jungfer Margret un Pater Reinbrecht een den annern geegenöver seeten.

Dat Altarbild kunn se nich seeh'n, dat leeg in'n Morgenschatten; se harr't an'n Aabend ok so recht nich seeh'n, se harr de mehrste Tiet op Jungfer Margret keken. Un maalins harr se doch dat Tohör'n nich op Reeg un wull sik ümdreih'n naa de Orgel hin; se waag dat aver nich un hööl de Oogen liekut op den Altar richt.

De Laudes weer to End, un Jungfer Margret keem un segg, se wull de Kark ehr wiesen un dat Klooster. „Kiek hier", segg se, „dat is uns Karkenschipp, dat liggt vör Anker, von de Oost naa West utricht. De Boog naa Oost, dat Heck naa West. De Anker ward nich licht', seilen möt uns Gedanken un so, dat se den rechten Haaven findt. Un dorför sünd de Psalmen goot, de wi hier veermaal den Dag een mit'nanner bedt.

Dat Vörschipp üm den Altar to, dat is de Chor, dor staht de Stöhl sik geegenöver; in't Mittelschipp, dor staht se achter'nanner, dat all de Lüüd den Stüermann seeht, de vör den Altar oder op de Kanzel steiht. De hier in'n Chor to jüm ehr Tiet sik geegenöver sitt, de bruukt den Stüermann nich, de seggt de Richt sik ut't Gebetbook to – so as Pater Reinbrecht un ik hier jüst hebbt daan. – As wi noch mehr Kloosterfroons weer'n, to weer keen Pater mit dorbi. De hört dor eegens ok nich to. – De Westsiet dor, dat Heck, hett ok 'n Chor, man ohne Stöhl un Finster. Dat is de düüster Bucht, de gifft't in anner Karken nich. Dor staht wi in de Wek vör Oostern, uns Gedanken op dat Krüüz to richten, un gaht an'n Oostermorgen eerst wär in den hellen Oostchor trügg. – Dat Altarbild, dat laat wi noch, dat hett een kruus un lang Geschichte.

Nu gaht wi mittschipps ut de Karkendör ton Krüüzgang ruut. De Seelüüd gaht ja ok nich över Heck un Boog an Land, de stiegt mittschipps von Boord. So doot wi ok.

De Krüüzgang, wo wi nu op staht, de geiht in'n Veereck üm den Kloosterbinnenhoff liek an de Wannen von de Kloosterhüüs lang, mit 'n lütte Muer naa'n Binnenhoff afgrenzt un mit Rundbaagen dorop, de dat Dack drägt. Hier, südto, wo de Kark keen Finster hett, an de Karkenwand, oostto an den Reemter lang; naa noordto steiht keen Huus, dor is blooß de lütte Muer mit Rundbaagen, de gifft de Utsicht free naa't Oole Land un naa de Elv to. De Noordsiet totoboo'n, dor hett dat Geld nich reckt, as de Swatte Gard dat Klooster afbrennt harr un se dat nee wär opboo'n müssen. – Von de Swatte Gard vertell ik 'n anner Maal. – Un an de Westsiet hier, dor sünd de Hüsungen för den Probst, den't lang al nich mehr gifft, för den Pater, den Dörensluuter un den Organisten un för Lüüd, de uns besöökt oder Nootquartier bruukt. Un för den Bischof sünd dor ok twee Kaamern; aver een Bischof is al över hunnert Johr hier nich mehr wän. Nu wohnt dor Pater Bernhard, den lehrst du noch kennen, de deit in't Oole Klooster Deenst.

Un in de Mitt dor von den Binnenhoff, de Boom, dat is uns Kloostertroost. Dat is een Eek, de verlüst nie nich de Blö. Wenn in'n Frööhjohr de letzten fallt, sünd de eersten Knubben al dor. De Boom is een Teeken. Dor ward seggt, schull de Boom maal ohn' Blö in't Frööhjohr gah'n, denn is de Kloostergeschicht to End. Dit Johr weer de Eek al üm un to gröön as de letzten Ooldblö fallen dän. – So, un nu segg, wokeen hett di in't Klooster schickt un worüm?"

Un Heidewig verjöög sik. Dat weer ehr nich opstä, dat Jungfer Margret noch nich wüß, wat ehr to Huus dor tostött weer. Se slöög de Oogen daal un wrüng de Hannen, wull ok wat seggen un kneep denn doch de Lippen fast tohoop. Un Jungfer Margret mark, dat se dor unverwahrns wat ruutslah'n harr, wat se woll beter nich harr fraagt, un se wüß sik keen'n Raat un segg denn gau: „Ach, dat hett ok noch Tiet, ik wies di gliek den gröönen Krüüzgang ok!" So keem dat, dat se gliek den annern Morgen den Weg noch eenmaal güng, den se an'n Aabend vörher al weer gah'n. Wo schull se woll ok anners hin? Se kenn sik blooß op dree Wääg ut, op den Weg dörch't Ilsmoor naa de Stadt, op den Weg naa't Oole Klooster un op den gröönen Krüüzgang üm de Dieken. Anner Wääg weer se nich gah'n. Un also güng se noch maal üm de Dieken. Un se harr Drift ton Snacken, dat de Deern dor blangen ehr ut ehr Vergräsen keem.

Baltzer Brandel slööt jüm de Kloosterpoort op. De Straat leeg still. Dor keem keen Kutsch den Händörper Barg daal; aver Dora Hinck stünn an de Blangendör von den Amtskroog mit Anna, ehr Jüngste, an de Hand un keek wat schreegkopps to jüm her. Se hööl dat blau slah'n Oog ümmer noch ünner'n Koppdook versteken. Se wink jüm to un wull woll ok wat seggen, dä't aver denn nich un töög de Deern mit sik in't Huus. Un Jungfer Margret frei sik, dat se wat vertellen kunn. „Dora", segg se, „is wat tostött, wat een Minsch mit Gottvertroon swaar uthool'n kann. Twee von ehr Jungs, fief un söven Johr oold, sünd ehr verdrunken. Nu lett se de Jüngste nich mehr ut de Hand. Un dat blau Oog, dat se ünner'n Koppdook verstickt, dat hett Buer Dammann ut Händörp ehr slah'n. Dat is een gräsen Kerl, de hett sien Swiegerdochter so vergraamt, dat se ehr Kind vörtiets verloren hett. To is Lorenz, sien Söhn, mit ehr wegtaagen naa sien'n Swaager in de Möhl. – De slimmen Geschichten", segg Jungfer Margret, „vertellt sik op best un hört doch toeerst vergeten ..."

Un se güngen 'n Stoot lang, elk mit sik togang, blangen eenanner her.

Un denn stünnen se vör den Born, wo dat schiere Waater ut den lütten Anbarg quell. Un Jungfer Margret nöhm den Faaden op, de sik von hier ut knütten leet:

„Hier", segg se, „is uns Klooster gebor'n. Un dat keem so: De Schulten von de Lüh ut Hornborg harr een Froo, de harr dree Döchter em gebor'n, un he wull togeern ok 'n Jung'n. Un se wull dat ok. Un se güng to een Wiesfroo un fröög üm Raat. Un de Wiesfroo segg: Dor bi den Born an'n Bredenbek, dor hett vör Tieden sik de Hillig Jungfroo wiest, dor gah hin un tööf op Raat. Un se dä dat. Dor wies sik aver keen Jungfroo, een Pater seet dor, de weer Bichtvadder bi de Jungfroo'n in dat Oole Klooster. Un as de fröög, wat ehr dor ganz alleen naa'n Bredenbek harr dreven un se't nich seggen wull, to segg he ehr op'n Kopp de Ursaak to. Un denn segg he, se schull een Huus för all de Döchter boo'n, de dor ut free'en Willen nich Mann un Kinner wull'n; dennso schull se woll ok 'n Jungen kriegen.

Un as se segg, dor weer doch al een Klooster för son Froons, to segg he: De sünd nich all ut free'en Willen dor.

To güng se trügg un plaag so lang den Vadder von ehr Döchter, dat he een Klooster boo. He boo dat aver nich gliek hier an'n Bredenbek, he leet dat dor opboo'n, wo he een Kark jüst boot harr: op dat Marschland an de Lüh, dat em de Waaterboomeister ut Holland drööglegg harr'n. Dor in Neekarken hett dat mit dat Nee'e Klooster anfungen. De eersten Jungfern hett de Pater, de den Raat harr geven, ut dat Oole Klooster utsöcht.

Dat duer aver man 'n paar Johr, to wull'n de Jungfern dor wär weg. Dat trechmaakt Elvland weer jüm noch to jung, noch lang nich richtig utwaatert, de Dieken noch to lütt, de Graavens un de Wettern lööpen vull bi elkeen Floot, de Luft weer waaterig noch in'n Sommer, se wörr'n dor krank von.

To hett de Schulten von de Lüh naa'n betern Platz utkeken, un he hett meent, dor, wo de Raat is geven, dor ward he ok woll wän. Un he güng von'n Born hier op de Geestkant to, un he fünn op plaanen Grund 'n Linnenboom, de stünn dor enkelt twüschen all dat anner Boom- un Struukwarks. Un de Linnenboom is een Marienboom. Üm dissen Boom hebbt se dat Veereck vör den Krüüzgang taagen un denn de Kark, den Reemter un de Wohnhüüs boot. Un den Born, den heeten se nu Paterborn un de Kark Marienkark. Lubeke Hanne aver, uns Chronistin, de de Geschicht hett opschreven, de wull von son Vertell'n so veel nich weten. Se meen, de Bredenbek harr Ursaak geven för den nee'en Platz. De em söchen, schrift se, seehgen, dat se em ton Diek woll opstau'n kunnen un dor een Möhl hinboo'n un blangen den Diek dat Broohuus un dat Vörwark, denn harr'n se alltiet Waater för de Brooeree un för dat Veeh. Eerst mutt een eten un drinken, segg se, ehr dat een arbeiten un beden kann. Un mit dat Arbeiten hier hett't ok sien eegen Geschichte, un dat hett mit de Fischdieken to doon ...

Un nu keem Jungfer Margret an't Vertellen, de stille Margret kreeg den Mund nich to:

„Den Damm dor twüschen den eersten un den tweeten Diek", so füng se an, „den hebbt wi sülven boot. Un dat harr een lang un duerhaft Naaspeel. Hör to!

Üm 1470 rüm, to weer een Gertrud Bersenkamp ut Hamborg hier Priorin. Dat weer een Froo, de beter op 'n Buernhoff paß as in een armlahm Klooster. De müch de Arms röögen un bröch ehr Mitschwestern dorto, dat ok to doon. Se bröch jüm an de Gaarnarbeit, leet Bööm un Büsch ruutrieten un nee'e planten, geef jüm de Sichel in de Hand ton Grasmeih'n un bröch dat Klooster buuten so as binnen so op Schick, as weer't een Gasthuus för de reisen Lüüd. Un winterdaags güng't an't Sticken un Neih'n un Weven. Dor weer denn bald keen Wand mehr, de keen'n handmaakt Teppich harr, in't Refektorium nich un ok nich in de Klausur-Kaamern. Un de Kleeder, de se neih'n, de dröffen se bituurn ok anteeh'n un den Schmuck anleggen, den se von Huus to mitkregen.

Un dat weer ehr noch nich noog. Se wull 'n eegen Fischdiek. Op den Möhlendiek, dor hööl de Probst sien Hand op. Jüm bleef blooß, wat he jüm naalaaten dä. Un se söch Raat, un se fünn em. Ehr Subpriorin, Immeke Mollers, ok ut Hamborg, kreeg 'n Rententoslag von ehr'n Vadder, un mit dat Geld sett se ehr'n Fischdiekplaan in't Wark. Se besnack sik mit den Vaagt von't Vörwark, un de wull dor nich ran. De segg: Dor heff ik keen Lüüd un keen Tiet to. Un dat wull Gertrud Bersenkamp jüst hör'n. To leet se Schüffeln un Äscher un Hacken anschaffen un schick ehr Kloosterfroons naa buuten an de Arbeit, 'n Damm optosmieten dörch den Möhlendiek, dat de Bredenbek ton tweeten Diek kunn oploopen. Un dat Fischrecht leet se sik dörch de Ritter Johann un Otto von Borg ut Hornborg un dörch de Raatsherr'n von Buxtu gootschrieven.

Eerst wull se blooß de Laienschwestern un Novizinnen an de Buutenarbeit schicken; aver dat wull'n de Konventualinnen nich tolaaten, se wull'n mitdoon. So keem dat denn, dat dor bituurn dat ganze Kloostervolk an'n Möhlendiek to schüffeln weer un se dat Chorgebet nich ümmer inhööl'n, un dat Nachtgebet, de Matutin, wörr ganz afschafft. De Handarbeit an'n Diek möök veel to mööd, as dat se noch to Slaapenstiet mit Andacht Psalmen lesen kunnen. – Un as de Mannslüüd op dat Vörwark seehgen, dat dor so veel Froonslüüd lachhals an't Schirrwarken weer'n an'n Diek, kreegen se Lust, ok mittodoon, un de Vaagt müß't tolaaten un deel opletzt de Arbeit sülven dornaa in.

Un dat snack sik rüm – ton eersten in Buxtu, wo jüst de fromme Herr Magister Halephagen mit nee'en Bessen dörch de Karkenstuuven feg. De Preester un Vikare dor, de weer'n, so meen he, mehr op Babel as op Bibel ut. He wull dat wehlig Volk, dat över all de Striengen slöög, sik Konkubinen hööl un Ablaßgeld an'n Aabend tell, dat wull he in't Geschirr trügghol'n. Un dorüm dat he sülven nich ut sien Geschirr ruutslöög un Geld von Huus ut harr un een goot Deel dorvon för arme Lüüd anlegg, kreeg he dor Anseeh'n von un harr bald Lüüd üm sik, de jüstso dachen un de em bistah'n dän. Un duer nich lang, to müssen, wat se wullen oder nich, de Preester un Vikare naa sien Fleiten danzen. Un de geern fleit', de lett so gau nich dorvon af. De op een nee'e Kark ut is, de fegt mit scharpen Bessen dörch de oole. Un dat dä noot, ok in de Klööster vör de Stadt, meen he. Dor weer de rechte Ordnung ok nich mehr in Reeg un Richt. De Jungfern höölen de Klausur nich in, harr'n mehr as nöödig Kleeder in den Schrank un Schmucktand in de Truhen un wiesen ungeniert sik dormit op de Straat. Dor wull he wat an doon. Un dat in'n Gang to bringen, reis he naa Ebstörp in dat Jungfernklooster. Dor harr de rechte Ordnung, de he meen, al nee wär Foot faat. Un he güng gliekt op't Ganze. He keem trügg mit fief Konventualinnen ut dat Klooster dor un mit den Probst von Ebstörp, Herrn von Knesebek, un den Prior Grimold von St. Michael ut Lün'borg.

An een'n Regendag in'n Harvst op dat Johr 1477 stünn he mit jüm vör de Kloosterpoort. Dat weer keen anseggt Visitatschoon, dat weer een Överfall, so hett Lubeke Hanne uns dat elkmaal seggt, wenn se dorvon vertell, un so ok hett se't in de Chronik schreven. Priorin Gertrud Bersenkamp wüß gliek, wo dat op ruut wull, de Subpriorin Immeke Mollers ok. Een Raatsherr ut Buxtu harr jüm dat tosteken.

Se dän jüm den Gefallen nich, sik jüm ehr Predigt antohör'n un sik woll gaar noch freetosnacken. Dor weer'n se veel to eegen to: Se güngen beid' dor op de Herren to, smeeten sik gliek vör jüm op de Knee un sän, se weer'n't nich weert, dat Klooster vörtostah'n, se schullen jüm ehr Amt in beter Hannen geven ...

Dat güng de Herren doch wat naa, se keemen meist wat ut't Konzept – blooß de Magister Halephagen nich.

De segg, dat weer man goot, dat se mit so veel Insicht jüm to Mööt weer'n kommen, dat schull jüm woll to goot hool'n warr'n. Denn geef he Order, se schullen de Konventualinnen in't Refektorium roopen. Dor schull nu gliek de nee'e Priorissa wählt warr'n.

Un as se nu tosaamen weer'n un ok de annern Jungfern jüm ehr Kloosteramt harr'n daalleggt, to stell de Probst von Ebstörp sien mitbröcht Jungfern vör un segg ok gliek, wokeen von jüm em goot dücht, wählt to warr'n. Un so wählen se denn ünner Opsicht free, wat den Herrn von Knesebek goot düch. To Priorissa wähl'n se Gertrud de Brake un to Subpriorin Gertrud Kammis. Un ok de lütten Ämter kreegen nu de reformierten Jungfern ut dat Klooster Ebstörp – so as vörseeh'n.

Dat't jüst twee Gertruds weer'n, de se dörch eegen Wahl dor vörsett kreegen un ok de afsett Priorissa Gertrud heet, hett laaterhin to veel Spijöök noch Ursaak geven. Margareta Snittgers, de jüngst un levigs von den Ebstörp-Swarm, de dor so unverhofft bi uns hier infoll'n weer, füng dormit an.

Se segg: Gertrud segg maal to Gertrud, gah maal naa Gertrud un fraag, worüm de Diek dor achtern Möhlendiek Gertrudendiek woll heet. Oder: Gertrud segg to Gertrud, se schull doch den Konvent maal fraagen, worüm denn Gertrud nich mit Gertrud snack. Un noch to uns Tiet füng de mehrste Kloosterspaaß mit ‚Gertrud segg to Gertrud' an. Gertrud segg to Gertrud, wenn dor nu noch een Gertrud kummt, wokeen is denn de Priorissa?

So leeg weer't aver mit de nee'e Gertrud Priorissa nich; se tööf blooß af, dat de Herren, de ehr in't Amt harr'n sett, wär dorhin güngen, woher se kommen. Un dat dän se gau. De Herr von Knesebek weer gliek, as Gertrud Bersenkamp un Immeke Mollers dor op de Knee daalfüllen, so verstutzt un argerlich un düch sik so ton Narren hool'n, dat he op leefst noch op de Stä de Saak harr blieven laaten. He dach nich anners, as Magister Halephagen dreef een utklookt Speel mit em. He stünn dor as een Eek un röög keen Twieg. Un de Magister Halephagen dä denn ok, as bruuk he em nich mehr un rull den anröögt Steen alleen to op den vördacht Platz. As de Konvent bi'nanner weer, stell Herr von Knesebek woll noch sien mitbröcht Jungfern vör, dreih aver denn sik üm un segg to den Magister: ‚So, den Rest maak man alleen!' un güng ut't Refektorium, un Prior Grimold von St. Michael ut Lün'borg güng em naa. Blooß de Notar un Schriever bleef noch bi Magister Halephagen, un de harr nu sien lang optodräumt Stunn.

He geef Order, dat all, wat de Konventualinnen op jüm ehr Klausur-Kaamer an Schmuck un Kleeder harr'n, all wat se von Huus to mitkriegen, in den Kapitelsaal schull bröcht warr'n un an dat Klooster geven, dat de Buutenarbeit an de Fischdieken schull ophör'n, de Prozessionen üm den Möhlendiek ok: De grööne Krüüzgang weer nich vörseeh'n in St. Benedikt sien Regeln för dat Kloosterleven. Un dat Klooster schull alltiet toslaaten blieven un elkeen blooß noch mit Verlööf von de Priorin ut dat Klooster gah'n ...

Dat weer de Regel vörher ok; aver Gertrud Bersenkamp harr se op eegen Aart utleggt. Ora et labora, harr se seggt, dat gellt; aver ehr Reform harr heeten: Labora et ora. Se meen: De nich arbeiten kann, schall beden, un de dor arbeit, de bedt ok, de weet, dat all de Sweet nix bringt, gifft Gott den Segen nich dorto. Se harr noch mehr seggt, se harr seggt: Beden alleen bringt op dumme Gedanken, un Arbeit, de de Kaaken schoont, ok.

Dor weer't denn keen Wunner, dat dor Konventualinnen weer'n, de weer dat mit, dat nu de Buutenplackeree schull ophör'n. Dat weer doch op de Duer 'n suuren Angang, Dag vör Dag mit Sweet sien Dagwark doon.

De nee'e Priorissa dach ok nich veel anners; se weer een utwiest Froo, se kenn dat Speel, dat se dor speelen schull; se weer al maal in Ebstörp Priorissa wän un afwählt worr'n, dorüm dat se de nee'e Ordnung nich akraat noog harr in't Spoor rinbröcht. Nu schull se woll sik sülven wiesen, dat se't kunn ..."

To schree een Bussard hell un heesch dor över'n Forst, un een Fischreiher steeg op ut de Reetwand blangen den Gertrudendiek, de Aanten pladdern ut'neen, un dat Swaanenpaar dreef de Gösseln tohoop. Un Jungfer Margret seehg de Ursaak nich, se seehg aver Heidewig blangen sik un mark verjaagt, se harr dor mit sik sülven snackt. Wat schull de Deern dorvon verstah'n un wat ok von ehr denken?

„Magst noch tohör'n?" fröög se, un Heidewig segg: „Ja." Un dat klüng naaschünns, dat se't glööven müß, un't weer doch wieter nix as Angst, dat Jungfer Margret noch maal fraagen kunn, worüm Magister Fexer ehr in't Klooster bröcht –, un jüst de Angst harr Jungfer Margret ok.

„Magister Halephagen", füng se nu wär an, „weer von Statur man lütt utfoll'n. De leeve Gott harr to veel Tiet woll bi den Kopp tobröcht un denn den Rest wat breed un kort gau ünnerboot – un liekers noch de Haar vergeten. Naa so een'n Veerkantmaand kiekt jüst de Froonslüüd nich geern hin. Un wenn he dor ok nix üm geef, passen dä em dat ok nich. – Wat dor de Probst von Knesebek un Prior Grimold nahstens to em seggt, dat weet ik nich. Se sünd densülven Dag noch afreist, un dat Oole Klooster, dat gliek mit reformiert warr'n schull, dat hebbt se utlaaten. Un de dree Jungfern, de för't Oole Klooster vörseeh'n weer'n, de bleeven eerstmaal hier bi uns. Eerst twee Johr laater hett Magister Halephagen mit 'n annern Probst un Prior dat Oole Klooster ok op de Reformstraat bröcht un Gertrud Kammis, de Subpriorin von uns Klooster, to Priorissa von dat Oole Klooster maakt.

Un wat son rechten gottvernarrten Preester is, de gifft sik dormit nich tofree. Noch maal twee Johr laater weer dat Klooster Lüne an de Reeg. Dor hett sogaar de Herr von Knesebek wär mitdaan.

Un denn schull Harvesthud bi Hamborg op de oole Straat wär trüggbröcht warr'n. Dat hett nich glückt, dor seet een Uhl, un de harr'n Rock an. De Jungfern dor, de harr'n dor frööh noog Wind von kregen un jüm ehr Öllern un Verwandten opsterrsch maakt. De töögen, as nu Halephagen mit sien'n Anhang keem, em vör dat Klooster al to Mööt un drängeln sik mit dörch de Kloosterpoort un mööken op den Kloosterhoff Schandaal. Un de Kaplan, de dor to Woort wull kommen, verstünn sien eegen Woort nich mehr. Un as denn von de Jungfern een den Rüch em tokehr un den Rock hoochbör, to weer dat mit de Visitatschoon vörbi. De Herren töögen af: Mehr Jungfern wull'n se nich von achtern ohn' Rock noch seeh'n, Magister Halephagen ok nich. Twee Johr laater is he storven. In't Oole Klooster hebbt se em to Eer bröcht."

Nu weer't an Heidewig, sik to verwunnern. Se keek dörch Jungfer Margret schier hindörch un wüß nich, wat se von ehr hoolen schull. Harr ehr de Jungfer mit den opbört Rock gaar högt?

Un Jungfer Margret seehg de fraagen Oogen un frei sik, dat de Deern dörch ehr Vertell'n op anner Naagedanken keem. – Dat se den Harvesthuder Gruß in't Nee'e Klooster noch wat wieter utmaalt harr'n, dat segg se nich, un Lubeke Hanne harr't ok nich opschreven; aver vertellt harr se't un elkmaal, wenn se de Geschicht vertell, ok vörmaakt. Un jüm ehr Snack, wenn jüm een argert harr, wär lang noch wän: Ik gah naa Harvesthud', wat so veel heeten schull as: Du kannst mi maal von achtern ünner'n Rock kieken! Dat aver segg se nich.

Se segg: „Magister Halephagen weer so unrecht nich, un de Reform, de he in'n Gang sett hett, hett uns hier mehr as goot daan un de Jungfern ut Ebstörp ok. Op meist Magareta Snittgers. De kunn lesen un schrieven as man een, de bröch, wat Gertrud Bersenkamp so groot nich acht harr, wär in'n Gang: de Schoolstunnen. Un wat se vördem buuten trechraakt harr'n, dat raaken se nu binnen trech: Papier wörr köfft, Dint un Feddern sülven maakt. Mitmaal wörr ut dat Klooster een Schrief- un een Studierhuus. So keem dat denn, dat naa twee Johr de Kloosterschool för junge Deerns wörr opmaakt. Un de Jungdeerns keemen von Händörp, Bliersdörp, Nottmersdörp un Abbenhuusen, de mehrsten aver ut de Stadt Buxtu. Un duer nich lang, to bleeven se ok över Nacht. De Platz weer dor. Un noch een Johr, to keemen Jungdeerns ok ut Hamborg. De bleeven een-twee Johr, weer'n aver ok welk bi, de bleeven ganz bi uns. Von de Tiet an denn is uns Klooster een dägt Jungdeernsschool worr'n.

Dat weer denn ok de Grund, worüm se Margareta Snittgers naa teihn Johrstiet to Priorissa von dat Oole Klooster utwählt hebbt. De Hauptgrund aver weer, se schull de Arbeit, de dor Gertrud Rammis anfung'n harr, to End bringen: Een Översetten von dat Nee'e Testament ...

To wörr de Toloop von de Jungdeerns ut Buxtu wat weeniger, de güngen nu in't Oole Klooster. Un dat hett wohrt, bit Jungfer Cäcilia Hughen ut Hamborg keem. De hett dat dorhin bröcht, dat se uns Klooster de Latienschool heeten. Se weer uns priorissa priorissima, een beter Domina hett uns Klooster wiß nich hatt. Nahst hebbt se ehr een Karkenfinster maakt un in dat lütte Baagenfinster över de Süddör insett. 't is aver nich mehr dor. Dat hett een schierens ruutlööst un denn an sik nahmen. Wokeen dat daan, dat weet keeneen – gifft aver veel Geschichten, de dat weten willt. –

Cäcilia ehr Latienkünst weer'n dat nich alleen, de ehr to priorissa priorissima hebbt maakt. Se kunn ok maalen un Leeder dichten. Meist all de Leeder, de noch Schwester Agnes süng, de weer'n von ehr. Ehr Oosterleed ‚O soete Dag', dat weer uns Opgesang an elkeen'n Morgen, ok wenn wi't nich an elkeen'n Morgen singen dän, wi harr'n dat op de Tung'n."

Jungfer Margret sweeg un hör schiens in sik rin, un Heidewig hör to. Se dach nich anners as: se singt dat Leed ohn' Stimm nu vör sik hin.

Jungfer Margret dä aver ganz wat anners, se dach: Wat büst du doch för'n Rötermöhl, wat snackst du rund hier üm di to, vertellst Geschichten, de du lang al kennst, un de du weten wullt, sitt blangen di, un du magst nich dornaa fraagen. Du hillig Jungfroo, dach se, komm mi doch to Hülp!

Un de Hillig Jungfroo keem to Hülp. De Stunnenglock füng an, de Middagshora intolüüden.

„Wi möt in't Klooster", segg se gau, „komm, laat uns risch vörtogah'n!"

Un se güngen risch vörto, un Baltzer tööf al an de aapen Kloosterpoort. Un jüstso as an'n Dag tovör, as se alleen harr Utloop nahmen, stünn de Magister Fexer vör de Karkendör un mit em Pater Reinbrecht. – Dor weer keen Tiet mehr, sik lang optohool'n, se güngen in de Kark.

Un jüst as güstern setten sik nu Jungfer Margret un de Pater in de Chor un de Magister Fexer ditmaal sik mit Heidewig in't Karkenmittelschipp. Christine weer al dor. Un Dora Hinck keem mit ehr Anna-Dochter an de Hand, de Snieder Hauschild mit sien Froo Elisabeth, de Müller Hinnerk Richers keem un Lorenz Dammann mit sien Froo Maria un Johann Bärgs, de Vaagt, de stökel sik an'n Stock naa vörn to in de eerste Bank, un Helmer Viets, de Saatknecht von dat Vörwark, keem un Samuel Franck, de Amtsschriever, de sik tovör man weenig in de Kark harr seeh'n laaten.

Un Jungfer Margret wüß, se keemen ehrethalben. Dat wull woll so nich blieven elkeen'n Dag; aver an'n Dag naa de Beerdigung von Schwester Agnes keemen se – eerstmaal.

Un se füng an, mit faste Stimm dat Vörgebet to beden: „Aperi, Domine, os meum ad benedicendum nomen sanctum tuum." (Doo mi, Gott, den Mund op, dat ik dien'n hilligen Naam hier recht to Ehren bring!) – Un Pater Reinbrecht segg den annern Part: „Munda quoque cor meum ab omnibus vanis, perversis et alienis cognationibus." (Maak rein mien Hart von all verkehrt un dumm un unnarrsch Denken!)

Noch weer dat Klooster dor, un dor weer keen, de dat nich blieven laaten wull. Wo lang 't noch blieven kunn, dat weer de Fraag. „De Minsch is een vergetern Veeh", harr Schwester Agnes seggt, „sodraa de Weid is afgraast, blieft blooß noch de Schietplacken naa."

„Intellectum illuma, affectum inflamme", bed Jungfer Margret. (Bring Licht in den Verstand un in de Seel!) Aver se dach dorbi nich an ehr Klooster, se dach an Heidewig.

Naa de Middagshora, as sik, de kommen weer'n, verloopen harr'n, tööf de Magister Fexer vör de Kark nu Jungfer Margret af, un Jungfer Margret luer op den Magister Fexer. Heidewig schick se mit Christine in de Kök. Se wull nu weten, wat dat mit de Deern dor op sik harr, un jüst dat wull Magister Fexer ehr vertell'n.

„Wat is dat mit de Deern", fröög se nu liekut op den Paster to, „wokeen hett mi ehr toschickt?"

„De heff ik di toschickt", segg Magister Fexer.

„Un wat is ehr Geschicht?"

„Se hett ehr'n Vadder verlor'n. Se hett em op de Schüündeel funnen. He harr sik sülven wat andaan."

„Wat harr he sik andaan?"

Un as Magister Fexer nich gliek Antwoort geef, to ahn' ehr wat.

„Ophungen?" slöög dat ut ehr ruut ...

De Paster nick. – Un Jungfer Margret keek mit flakkern Oogen op em an un greep mit beid' Hannen üm sik to, un de Magister Fexer greep naa ehr to.

„Ik mutt sitten gah'n", segg se un güng dree Schritt naa Siet un sett sik op den Feldsteen blang'n de Karkendör. Dat wohr een Tiet, to segg se liesen: „Wo güng dat to?" Un Paster Fexer sett sik op den annern Steen dor op de anner Siet von de Karkendör ehr geegenöver un he vertell:

„Op Hochtiet annerlest in'n Heisterbusch, dor hett de Brögam naa Klock twölf, as all de Gäst al mehr as faaken sik wat toproost harr'n, to hett he jüm noch maal an'n Tresen roopen un noch 'n Runn utgeven. Un Hannes Hulst stött mit em an un seggt: ‚Dat schall di nich so gah'n as Peter Ingel!' Un Peter Ingel steiht dorbi un seggt: ‚Wo geiht mi dat? Mi geiht dat goot.'

Un all, de üm em rüm stünn'n, lachen.

‚Wat is mi dat?' segg Peter denn, ‚Wat gifft dat hier to lachen?'

‚Kennst du dien Froo?' fröög Hannes Hulst.

‚Dat will ik meenen.'

‚Du kennst ehr nich.'

‚Du mußt't jo weten.'

‚Dat weet ik ok, un nich blooß ik.'

Un all, de't hören dän, de lachen. Un Peter seggt noch maal: ‚Wat gifft dat hier to lachen?'

‚Fraag maal den jungen Krööger op de Krümm! De kriggt to Middag al, wenn du naa Stadt to föhrst, Besöök.'

‚Worüm schall he nich Besöök kriegen?'

‚Richtig. Dat meent dien Froo sachs ok.'

Un all dat Volk dor üm em to, dat lach.

‚Wat is mi dat? – Dat is nich wohr!' slöög dat ut Peter ruut. Un he keek üm sik to un söch sien Froo.

De harr dat hört un weer wat nööger kommen. Un de slöög nu de Oogen daal. To is he ut den Saal rutstörkt. Un wat he daan hett, weeßt du nu. – Den annern Morgen hebbt se em söcht, Heidewig un ehr Mudder. Heidewig hett em funnen, un ehr Mudder hett se to mi bröcht. Un ik heff ehr di tobröcht. Wat schull ik doon? Von Huus, dor müß se weg."

„Weet se", fröög Jungfer Margret nu, „worüm ehr Vadder sik dat andaan?"

„Ik heff't ehr nich seggt. Ik heff laagen un seggt, he harr to veel Sorgen hatt."

„Un de Mudder?"

„De is in't Armenhuus. Ehr Swiegeröllern hebbt ehr ut 't Huus jaagt. Ehr eegen Öllern wull'n ehr ok nich."

„Sünd dor noch mehr Kinner?"

„Ja, een Schwester, de is negen, veer Johr jünger, de is mit in't Armenhuus."

„Un de Lüüd in'n Dörp?"

„De wullen nich, dat Peter op den Karkhoff schull beerdigt warr'n. De Hand an sik leggt, hört buuten de Karkhoffmuer verkleit. To heff ik to jüm seggt, buuten de Karkhoffmuer hört de verkleit, de em mit duunen Kopp den Strieng dor üm den Hals hebbt leggt." –

To keem Pater Reinbrecht ut de Kark un stünn dor jachen twüschen jüm un fröög: „Wat is nu mit de Deern, blifft de nu hier?"

„Se blifft", segg Jungfer Margret, stünn op un güng naa 'n Reemter to. –

„Du hest mien'n Plaan tonicht maakt", segg nu Pater Reinbrecht, „ik wull uns letzte Jungfer mit naa Hamborg nehmen in dat Huus, dat dorför vörseeh'n is."

„Ik weet", segg Paster Fexer, „dat düch mi lang Tiet ok dat best; aver nu nich mehr. Un ehr, so hoff ik, ok nich."

„Een Jungfer maakt keen Klooster."

„Een jüst so goot as twee", segg Paster Fexer.

„Se weer so wiet, se wull mit naa Hamborg."

„Nu hett se anner Sorgen."

„Morgen gah ik noch maal hin naa't Oole Klooster, de Olsch van Schapen de Bööker aftosnacken. Gah du mit!" – „Doo ik", segg Paster Fexer, „ik mutt so un so naa Heidewig kieken. Ik hol di hier af." –

Will een dor Nootstand stüern un mutt dat Fohrwaater noch sööken, sitt em de Angst, he kunn op Sand oploopen, in all de Knaken. Bi Jungfer Margret weer dat so. Se söch Heidewig naa, un se fünn ehr in de Kök bi Christine. Un in de Kök, dor höölen se dat Eten warm un tööven op jüm ehr Jungfer. As nu Christine Teeken geef un Heidewig dat Eten in't Refektorium bröch, fröög Jungfer Margret gau Christine:

„Hett Heidewig di seggt, woher se kummt?"

„Ja", segg Christine, „von Abbenhuusen."

„Hett se di seggt, worüm?"

„Nee", segg Christine, „dat weet wi so. Dat is wegen ehr'n Vadder."

„Un woher weet ji dat?"

„Dat hett sik doch lang un överall al rümsnackt."

„Ach", segg Jungfer Margret, „denn bün ik jo woll ganz un gaar blangen de Welt to."

„Von uns snackt ehr dor keen üm an", segg Christine.

Un Jungfer Margret nick ehr to, un se güngen to Disch. Se kunn dor aver doch nich ümto, se keek faakenins Heidewig an un Heidewig ehr. De ahn' dat woll, worüm Magister Fexer noch maal kommen weer. Un as dat Een-den-annern-Toluern nich mehr to versteken weer un de Verlegenheit to groot, to füng Tirso Schaapskopp an un vertell naa Heidewig hin een von sien Biographien. Dat weer nich Mood, dat se bi'n Eten snacken dän; aver nu nicken se Tirso to.

„Ich Graf von Schevena", so füng he an. – Wenn he sien Herkommen vertell, snack he Luther-Düütsch. – „Meine Vatter große General in große Orlog. Ich seine

Trommler – sagt man auch – Tambour." – „He meent Dammbuer", segg Christine, „he kann keen Düütsch."
„In Münster ich Soldat bei Bischof Kardenal."
„He meent Wischhoff", segg Christine. „Katenal, son Dörp gifft dat gaar nich. He tüünt."
„Ich a battaille de Buxtehude bei Marsch auf Festung mit die Expedon."
„Ut Buxtu is he nich", segg Christine, „ut de Marsch mag he woll wän. Dor tüünt se ok, aver dor snackt se anners."
„Ich in die Kannonad blessiert, drei Finger sein perdu."
Un he wies sien Hand hooch. Un Heidewig verjöög sik. Een Hand mit twee Finger harr se noch nich seeh'n.
„Ik denk, du büst Pandur", segg Baltzer Brandel nu.
„De is keen Jan-Buer", segg Christine, „de kann doch Schaap un Zegen nich ut'nanner hool'n. To Zegen seggt he Schaap mit Baart."
„Nu is't noog", segg Jungfer Margret. Un se sweegen gliek. Un Jungfer Margret segg dat Dankgebet un stünn denn op. Un ehr se noch wat seggen kunn, to segg Christine al: „De Deern is anstellig. Ik nehm ehr mit in'n Gaarn."

Un Jungfer Margret güng in ehr Klausur-Kaamer. Un se lang naa den Breef, den Pater Reinbrecht ehr harr geven, un se les noch maal de Opschrift, un se seehg, wat se dor gliek harr seeh'n: De Opschrift weer von Margareta Visselhövede, ehr eerst Priorissa, de ehr opnahmen harr in't Klooster.

Ehr Mudder weer to Middag ut dat Huus rutgah'n un nich wär trüggkommen. Den ganzen Aabend un de Nacht dörch harr se tööft. Se weer nich kommen. De Schulten von de Lüh weer kommen, den annern Dag.

Un de harr seggt, ehr Mudder weer verdrunken in de Lüh – se harr'n ehr noch nich funnen. To harr de Schulten ehr in't Klooster bröcht to de Jungdeerns, de dor Schoolstünnen kreegen. Se glööf de Geschichte nich. Un as ehr Vadder ok nich keem un ehr dor afhol, glööf se't noch weeniger. Dor weer wat, wat se ehr nich seggen wull'n. Un wat dat weer, dat stünn in dissen Breef. Un se wull't weten all de Johr'n. Un nu se't weten kunn, nu wull se't nich. Oder doch woll doch. Se dach an Heidewig ehr'n Vadder un an ehr Mudder, un se harr Angst för dat, wat se dor lesen kunn.

Un se güng an't Finster, dat dor Utsicht harr naa den Gaarn to, un se seehg Heidewig un Christine dor hantier'n. Se gööten Waater op de dröögen Beeten.

Un se legg den Breef trügg in de Schatull.

MELPOMENE

In de Nacht weer ehr dat infollen. As se slaaploos legen harr, weer se dorop kommen. Se wull mit Heidewig naa Stadt to gah'n un vör den Marienaltar beden.

Gliek naa de Laudes segg se Heidewig un Christine un Pater Reinbrecht Bescheed. To Heidewig segg se, se schull ehr Sünndagskleed anteeh'n un de Schooh putzen. Se sülven harr't al daan un ok dat Festdagskapulier al ümleggt.

Un jüst nu weer'n se praat, to geef dat op den Kloosterhoff 'n Opstand. Jochen Dammann weer an't Larmmaaken. He weer an'n hellen Morgen al de Möhl tostüert un vör de Kloosterpoort un harr naa Lorenz roopen. Baltzer Brandel harr em kommen seeh'n un Daniel Hinck em hört. Un Daniel harr de Dör ton Amtskroog toslaaten un to Jochen seggt: „Wo du den Brand hest holt, dor brenn em ok man ut."

Aver in den Amtskroog wull Jochen Dammann nich. He harr Daniel kort mit de Hand afwunken mit „Hool't Muul!" un weer op de Kloosterpoort togah'n. Un de weer aapen, un Baltzer kunn em nich mööten. He weer jüst bi, krummwossen Langholt, dat de Vörwarkslüüd as Füerholt vör dat Klooster aflaadt harr'n, Stück üm Stück in'n Kloosterhoff to slepen, un dorbi harr een Stamm sik in de Kloosterpoort verkielt un weer em ut de Hannen slah'n. Un Jochen harr Baltzer naa Siet stött, un Baltzer weer trüggut över den Stamm störkt un op sien Achterwand to liggen kommen. Un he weer wär hoochsprungen un harr Jochen so een'n ünner'n Baart haut, dat de dor nu to liggen keem, de Arms utleggt, as weer he an een Krüüz naagelt.

Dat duer 'n Stoot, to sett he sik op un keek verbiestert üm sik to. Un noch'n Stoot, to rööp he naa Lorenz.

„Lorenz", rööp he, „wo büst du?" Eerst halfluut man, denn luuter, toletzt mit klaagen Stimm: „Lorenz, wo büst du?" Un Lorenz keem, un Hinnerk Richers, de Müller, keem, un Christine un Jungfer Margret un Heidewig keemen. Un Heidewig stell sik wat achterto, un blangen ehr stell sik Maria, Lorenz sien Froo. Un Tirso keem un Pater Staudt un Pater Reinbrecht. Un all nu stünnen se üm Jochen to. – Un Lorenz güng hin un bör sien'n Vadder op. Un de segg: „Lorenz, komm naa Huus!" Un Lorenz legg den Arm wat üm sien'n Vadder to. Un de reck sik to Hööcht, keek in de Runn un kreeg Maria to seeh'n.

„Un du bliffst, wo du büst!" segg he to ehr hin.

To leet Lorenz sien'n Vadder loos. Un se stünnen sik Oog in Oog geegenöver. Un Lorenz dreih den Kopp naa Siet un keek sien'n Vadder stief vörbi.

To güng Baltzer op Jochen to un segg: „Dat Klooster is för Kloosterlüüd. De dor mit to will, de mutt fraagen." Un Jochen keek em minnacht an, klopp Jack un Büx sik af un dreih sik üm un güng.

Un as nu keen dor von de Stä sik röög un all op Lorenz keeken, keek Baltzer liek op Pater Reinbrecht un op Pater Bernhard to, stell sik wat mehr noch vör jüm hin un slöög denn Woort för Woort jüm in't Gesicht:

„Gott-Vaader un Gott-Söhn, seggt, wo paßt dat tohoop? Twee Buern op densülven Hoff – wo gifft denn dat wat af? Wenn dor de Vaader ewig levt, seggt, woto is de Söhn denn dor? Schall de op ewig Knecht dor speel'n un danzen, wenn de Vaader fleit?

Een Buer, de den Hoff nich afgifft, dröfft de den Söhn as Loopjung hoolen all sien Daag?

Een Vaader, de dor ewig leven will, de schall keen Kinner kriegen!

Snackt mi nich von Vaader-Leev, solang de Vaader tokiekt, wenn de Söhn an't Krüüz ward slah'n! Dor weer't woll beter, se slöögen em gliek mit doran!"

Dat weer een Fuustslag, de noch beter drööp as de, den he dor Jochen Damman geven harr. Un de em utdeelt harr, un harr sien Wut dor op de Tungen danzen laaten, de leet jüm all nu stah'n un güng – in de Kark un slöög de Dör achter sik to.

Un as dor Jochen Dammann nu, von de Straat to, noch maal luut naa Lorenz rööp, to hör'n se't half man noch. De Fuustslag geegen de beiden Patres un de toslah'n Karkendör, de dröhnen luuter naa.

Un endlich segg een wat. „Blitz un Dönner sünd vörbi", segg Christine, „nu kummt de Regen. Laat uns ünner Dack gah'n!"

Un dat dän se denn een naa'n annern. Blooß Maria, Lorenz sien Froo, röög sik nich un Heidewig blangen ehr ok nich. Lorenz müß Maria afhol'n. Un Jungfer Margret hol Heidewig af, un se dä dat meist un meist vergnöögt, as harr ehr dat Gewitter gaar nix daan un weer woll gaar to paß noch kommen.

Un Jungfer Margret güng mit Heidewig dörch de aapen Kloosterpoort nu op de Poststraat naa Buxtu hin to. Un nu eerst seehg Heidewig, dat Jungfer Margret 'n Langstock bi sik harr, so lang as se sülven groot un an't böverst End ton Krüüz uttwiegt. Se harr em woll al vörher seeh'n; aver bi den Opstand dor op'n Kloosterhoff vergeten.

Op de Poststraat bleeven se nich lang, se böögen bald naa links to af op den Weg in't Oole Land naa Laadcoop un naa Jörk. Jungfer Margret wull den Footweg dörch dat Sietland gah'n op de Holländer-Stadtdör to.

Op halve Hööcht nu, op de Geestrand noch, wo de Bööm de Sicht freegeeven op dat Stroomland vör de Elv, bleef Jungfer Margret stah'n un segg: „Nu kiek! Bit an de Geestkant hier hett inst dat Elvland gah'n, bit hierto sünd de Waater, as de Elv nich indiekt weer, bi Floot oploopen. Un wenn't denn aflööp, tweemaal den Dag, is dat naa'n Stroom to hööger oplandt as hier an'n Geestrand, un to is mit de Tiet een goot Deel Waater gaar bi Ebb hier stah'n bleven un hett 'n breeden Stremel langs de Geest vermoort. Un so is vör dat Marschland denn een Moorland kommen von Buxtu bit hin naa Staad, mit Suergras, Schilf un Buschwark towossen."

Aver Heidewig hör dor half man to; se hör un seehg een Schaapheerd achter jüm naakommen. Un Jungfer Margret dreih sik üm un kreeg den wullkloont Teppich, de dor op Stökelbeen de Bargstraat daalkeem, ok to seeh'n. Jochen Thielen dreef sien Schaap naa't Ilsmoor to.

Jungfer Margret un Heidewig güngen 'n paar Schritt naa Siet, den wullen Teppich vörbi to laaten, un as Jochen-Scheeper nööger keem, segg Jungfer Margret em to Mööt: „Schier seeht dien Schaap ut, Jochen! De sünd maal goot op Stä!"

„Dat sünd se nich", segg Jochen, „se sünd maager. De Sünn verbrennt dat Söötgras op de Geest, nu möt wi in'n Moor naa suure Grashalms sööken. Schaap, de blarrt, geiht dat nich goot."

Un Blarren dän de Schaap, un se weer'n unrastig. Jochen sien beiden Hunn'n harr'n noog to mööten.

Dat weer een langen Stremel, den Jochen dor harr seggt. So veel segg he anners nich. Snack em een op sien

Schaap an, geef he Antwoort, mehr nich. Un wenn em een gaar fraagen dä: „Wo geiht't di, Jochen?" kneep he de Lippen tohoop un keek düüster op, as wull he seggen: „Dat du dornaa fraagen magst!"

Jochen Thielen weer wat tostött. He harr sien Mudder doot an'n Ilsdiek funnen – ümbröcht un gräsig toricht. Von dor an snack he blooß noch mit sien Schaap.

Vondaag segg he sogaar von sik ut wat. „Dat is maal 'n glatte Deern, de du dor bi di hest", segg he.

„Dat is se", segg Jungfer Margret. „Ik will ehr de Stadt wiesen."

Un dat weer al to veel. Jochen kneep de Lippen tohoop un dreih den Kopp naa Siet un rööp denn wat sien Hunnen to. Un Jungfer Margret wüß miteens, worüm he sik harr wegdreiht. „De't daan hett", harr he seggt, „is ut de Stadt. De kummt noch maal." – Un dor tööf he op. Mehr as twintig Johr tööf he dor op, dat de Unminsch, de sien Mudder angah'n harr, sik wiesen schull. Denn wull he em jüstso angah'n.

„Wenn de maal een'n in't Söök-Oog kriggt un in Verdacht, un de Verdacht sitt fast, denn haut he to", sän se op't Vörwark. Se harr'n dor Angst bi hatt de eersten Johr'n, un se weer'n em, so goot as't güng, ut'n Weg gah'n un wüssen doch, dat jüm jüst dat nix nütz un in Verdacht müß bringen. Dat weer een Angstkrink, de nich opgah'n wull, un den se ok nich opkriegen kunnen, so veel se to, as dat passiert weer, naaforscht harr'n.

Elkeen, de nahstens in dat Dörp rinkeem un in dat Klooster, den harrn se wohrschoont vör den Scheeper. Un elkeen möök sien'n Freden denn mit em op eegen Aart. Dat weer een narrsch-mall Ding: Freden maaken ohne Krieg. Un dat weer nich ümmer glückt. Maalins weer dor 'n Saatknecht nee op't Vörwark kommen, den harr'n se nich gliek wohrschoont. De weer den Scheeper denn bemött, un de harr em dat Gräsen lehrt. „Wat is de Scheeper denn för een", harr he op't Vörwark nahst vertellt, „de kiekt een'n jo dörch Hemd un Büx as wenn he dor een Messer söcht!" – „Dat söcht he ok", harr'n se em seggt, „de söcht den Kerl, de em sien Mudder ümbröcht hett. Paß op, dat he nich meent, du weerst dat wän, denn haut he di den Kopp von't Lief."

To harr de Saatknecht gliek sien Plünnen packt un seggt: „Bi son Slag Lüüd, dor blief ik op den Dood nich!" un weer desülve Stunn noch ut dat Dörp ruutgah'n. To dachen se op't Vörwark gaar: De is dat wän, nu hett he sik verraat! Un dat weer schier dumm Tüüch; he kunn dat gaar nich wän, dor weer he veel to jung to un ok von to wiet her – ut Zeven, dat't doch mit den Düüvel harr togah'n müßt, wenn een mit söven Johr von Huus schull weggah'n, een oole Froo dor in Neeklooster optoluur'n.

As se dor lang noog över naadacht harr'n un inseeh'n müssen, dat't nich angah'n kunn, to keemen se övereen: „Daan hett he't nich; aver he is dorbi wän."

Een Dörp, dat dor mit blanken Moord is slah'n, dat stoppt 'n Sack vull mit Verdachtsgeschichten, un de leeg swaar op all de Schullern noch.

In't Karkenbook, dor stünn de blanke Wohrheit so:

Dörthe Thielen zum Neukloster, Witwe, den 19. Juni zwischen Neuenkloster und Buxtehude, nicht weit von dem Ilsteich bei den jungen Heestern auf öffentlicher Heerstraße jämmerlich ermordet durch Abschneiden des Halses bis zum Genick.

Un de Geschichte wull un wull nich ut de Köpp, un Jochen Thielen steek mit düüster Oogen all wär waak, de se wull'n inslaapen laaten. Schwester Agnes harr maal seggt: „He kiekt mi an, as harr he mi ok in Verdacht."

„Di nich", harr Baltzer seggt, „aver den Gott, to den du bedst."

„Wenn sik een ophingt", harr se antert, „kriggt de Strieng de Schuld."

Dat weer un bleef een leeg Kapitel. Un Jungfer Margret harr woll överleggt, wat se nich Heidewig ok wohrschoon müß. Dat bruuk se nu nich mehr, Jochen harr ehr tonickt. Un de Geschicht ohn' Noot vertell'n, wull Jungfer Margret nich.

Se güngen noch een Stück wiet achter Jochen un sien Schaapheerd her un böögen denn naa rechts to op den Richtweg dörch dat Sietlandsmoor naa Stadt. Pilgrims- oder ok Marienweg harr'n se em heeten, solang se noch an de Marienfestdaag in de Leeffrooenkark dor in de Stadt weer'n gah'n. Bi Licht seeh'n weert een Footstieg, de dor dwars un dweer dörch Haasel, Ries un Ellern op Moorgrund, wo he fast noog weer, naa Stadt to güng. Un wo de Moorgrund gaar to week, dor harr'n se afslah'n Twiegen utleggt.

De em nich kenn, kunn em nich gah'n. Un Heidewig wunner sik, dat Jungfer Margret faakenins een Richt inslöög, de schier trügguut lööp un in'n Baagen eerst den oolen Kurs wär nöhm. Aver de Sommer weer knittern dröög, se müssen weenig Ümwääg gah'n.

„Dat Moor", segg Jungfer Margret nu, „dat is een bargen Huus, dor hebbt de Lüüd in ruuchloos Tieden sik versteken. In'n Grooten Krieg woll dree-veermaal, wenn de Kaiserlichen oder ok de Schweden keemen. De Kloosterlüüd hebbt hier dat eerst Maal Toflucht söcht, as de

Swatte Gard dörch't Land töög. Dat weer een gottloos Kriegsvolk – blooß op Räuvern un op Brennen ut. De jüm betahlen kunn, de kunn jüm kööpen. De Herzog von Launborg harr jüm köfft, den Erzbischof von Bremen uttoplünnern, den hör dat Land hier to. Von Oll'nborg töögen se loos, güngen bi Verden över de Werser un keemen denn över Roodenborg un Zeven op uns beiden Klööster to. De Bischof von Verden harr frööh noog Naaricht geven, un Probst un Domina leeten packen, wat to packen un to drägen weer, un't all naa Stadt to in dat Probstenhuus an't Fleeth to schaffen: De Monstranz, de Meßkelche, de Dööpschaal – un vörweg dat Marienaltarbild, dat weer dat Hauptstück in uns Kark."

Jungfer Margret harr dor vör sik hin vertellt, as harr se Heidewig al nich mehr op de Tell un weer mit sik un mit ehr Klooster wär alleen.

Un denn stünnen se vör een Waaterlock, so groot as de Kloosterbinnenhoff, mit Beesen, Seggen un mit Schilf infaat.

„Hier laat uns sitten gah'n", segg Jungfer Margret, „ik bün dat Loopen meist al leed. 't is to lang her, dat ik son grooten Utloop maakt." Un se sett sik op een'n ümlah'n Wichelboom, op den se sachs al faaken seten harr, legg den Langstock mit dat Baabenkrüüz an d' Siet un keek op't Waater. Un Heidewig sett sik blangen ehr.

„In dissen Moorkolk", so vertell se nu, „hebbt se de Klooster-Inventarien versteken: de Kelche un de sülvern Schaalen. Eenfach in't Waater smeten. Blooß de Monstranz hebbt se mitnahmen in de Stadt. Un nahstens, as dat gottloos Volk weer aftaagen op de anner Siet de Elv – de dänsche Köönig harr jüm köfft, de Dithmarscher Buern an't Kleed to gah'n – to hebbt se, wat se rinsmeten, wär ruutholt. Se kunnen aver nich gliek finnen, wat se söchen. Oda möök dor een von ehr Geschichten ut. Een Pugg, segg se, hett jüm holpen. De hett den ganzen Pool dörchdüükert un hett denn ümmer an desülve Stä luut quarkt. Un Waaterjungfern sünd kommen un üm de Pugg to flaagen. To wüssen se, wo se sööken müssen.

Puggen un Waaterjungfern weer'n Oda ehr Wiesteeken dörch meist all ehr Geschichten. Waaterjungfern hööl se för utsett Engel – bit op den Dag, as se seeh'n dä, dat Waaterjungfernlarven Steertpuggen fret. – To hett se mit Steen naa jüm smeten un roopen: ‚Ji buntklört Pack mit lichtflirren Flunken, jo schall de Düüvel hol'n!'

Von dor an weer't mit de Leev för de Waaterjungfern vörbi, von dor an harr se't blooß noch mit de Puggen.

‚Dat se so faaken quarkt', segg se, ‚dat liggt doran, dat sik de Kloosterlüüd nich bi jüm hebbt bedankt, as se den versteken Kloosterschatz jüm wiest.' Un ümmer, wenn se Puggen quarken hör, bedank se sik quark-snakkig luut in een Spraak, de keen verstünn un blooß de snacken kann, bi den de Tung'n sik üm sik sülven dreiht.

Beeke lach dorto. Se heet de Puggen Completützen, dorüm dat se meisttiets quarken dän, wenn de Complet wörr bedt."

Nu sweeg Jungfer Margret 'n Stoot. Un Heidewig keek ehr an, as wenn se ehr wat fraagen wull, dä't aver nich. Un Jungfer Margret verstünn ehr Fraag liekers.

„Beeke", segg se, „seet mit mi op de Schoolbank bi uns Domina Margareta Visselhövede un Oda nahstens ok. Beeke weer al dor, as ik in't Klooster keem. Se weer ut Buxtu. Oda weer ut Hamborg. Se keem teihn Johr laater, un se kunn goot lehrn, beter as wi all; aver se

55

geef dor nix üm. Se möök sik över all un allens un över sik sülven lustig mit lütte Riemels. De een güng so:

Een Voß un een Katheeker,
de keemen an de Bööker;
se füngen an to lesen,
to kreegen se dat Gräsen.

Se weer nich achter Bööker her, se weer in Puggen, Ützen, Swienegel, Fleddermüüs un noch veel mehr vernarrt, op meist in dat, wat op'n Waater levt: Aanten, Mööven, Fischreiher, Waaterhöhner, Waaterjungfern, Waaterlööper. To Waaterlööper segg se Snieder un Schooster. Dat weer ehr Hauptriemelpaar:

Een Snieder un een Schooster,
de lööpen üm de Wett:
De Schooster kreeg'n Hooster,
de Snieder is dörch't Waater pett.

To Beeke un mi segg se faakenins ok Snieder un Schooster un hett uns denn mit ehr Riemellust optaagen:

Een Schooster un een Snieder,
de wüssen nich mehr wieter;
to güngen se in't Klooster,
een Snieder un een Schooster.

Se sülven wüß ok nich recht wieter, as se ut dat Klooster ruut schull un heiraaten; aver dat is een anner Ge-

schichte. Komm nu laat uns seeh'n, dat wi vörtokommt!"
Un jüst wull'n se opstah'n un wietergah'n, to füll dor een Schoof Aanten op den Moorpool in, un Jungfer Margret lach: „To Aanten segg Oda ‚Waddelfööt' – wenn se an Land weer'n, weer'n se op't Waater, segg se ‚Düükersteert', to Bleßhööhner segg se ‚Snavelfisch', to den Fischreiher ‚Staakenhinnerk' un to den Swaan ‚Hoochnäsgoos'. Se harr för elkeen Deert 'n annern Naam un faaken twee. To den Tuunköönig segg se ‚Lüttjohann' oder ‚Prahlhanswust', to den Häger ‚Oppasser' oder ‚Verjaagkrakehl', to de Duuw ‚Dachschieter' oder ‚Gurrpreester', to den Heister ‚Düüvelschrist' oder ‚Swattwittschwester'. To den Swienegel segg se ‚Stickelkugel' oder ‚Scheefbeentüffel', to de Muus ‚Piepdrösel' oder ‚Raschelfoot' oder ‚Knabberklaas'. – Maalins hett se 'n Swienegel mit op ehr Klausur-Kaamer nahmen, to den hett se Rosenkranz seggt. ‚Ümmer, wenn ik den Rosenkranz beden will', vertell se, ‚waakt he op un kiekt mi ut sien'n Loofkorf an.' –

Aver nu laat uns togah'n, anners kriegt wi nix to eten in Beeke ehr Öllernhuus un blooß 'n dröögen Knuust mit op den Weg!"

Un se stünnen op un güngen wieter, un Jungfer Margret vertell von Beeke: „Beeke weer in Bloomen un Bööm un Büsch un Planten vernarrt. Den Krüüzstock hier hett se för mi utsöcht un trechmaaken laaten. De is ut Haaselholt. ‚De Haasel', segg se, ‚is een hillig Boom.' Un jüst son Krüüzstock harr de Hillige Margareta von Antiochien ok. Mit den Küüzstock hett se den Hilligen Georg bistah'n un mit em den Draaken-Düüvel daalslah'n. Se hett starven müßt dorüm, dat se den Präfekten von Antiochia nich billiggen wull …

Aver wat vertell ik dor! Beeke wörr seggen: Vertellt keen Geschichten, kiekt jo de Bööm un de Büsch an! In elkeen'n Boom sitt een Elf, un de is truurig, wenn een vörbigeiht un kiekt ehr nich an. – Un von de Bööm wüß se Geschichten to vertellen. De Linnen un de Bööken weer'n bi ehr Marienbööm. Üm een Linn to harr'n se dat Klooster boot, dat glööf se fast un mehr, as Lubeke Hanne dat glööven wull. As dat Johr 1499 in't Frööhjohr güng, segg se, slöög de Linn in'n Kloosterbinnenhoff nich ut, un as de Swatte Gard denn keem un dat Klooster daalbrenn ut Wut, dat de Vaagels utflaagen weer'n un harr'n sogaar de Neester mitnahmen, to verbrenn ok de Linn in'n Krüüzgang ..."

Un as nu een Pugg dor över'n Weg to sprüng un vör Verjaagens noch 'n Stück lang vör jüm her, to weer Jungfer Margret wär bi Oda. „Oda", segg se, „harr dor mit de Pugg nu snackt un uns hier stillstah'n heeten. Puggen, meen se, sünd klööker as Minschen, de künnt Wulken ünner Waater reeken un seggen, wann de Wind ümsleiht. Maalins segg se: ‚Morgen fallt de Daak so dicht, dat Schwester Agnes nich to seeh'n is, blooß to hör'n.'

Dor keem aver gaar keen Neveldag; wi harr'n dor ok nich groot op tööft. Un wat passier? Uns Wasch-Katrin, de Kökenmaagd, kipp, jüst as Schwester Agnes in de Waschkök keem, ehr ton Wraak, den kaaken Ketel üm, un Schwester Agnes stünn in stickendaakig Waaterdamp un rööp: ‚Wokeen denn will mi hier verdampen?'

Un to harr'n wi den Kloostersnack, wenn wi uns an ehr argern dän. Wi sän: ‚Ach laat, Schwester Agnes is verdammt.' " –

Un denn mit eenmaal weer'n se dor. Se harr'n bi dat Vertell'n keen Vaagels un keen Bööm mehr seeh'n – nu harr'n se wat to kieken: Se stünnen vör de Stadt. Un de Stadt leeg op een Insel, un se weer in een Muer infaat, un dat Waater ümto weer breeder noch as de Klosterkark lang, un de Muer ümto weer huushooch un liekers noch keeken de Hüüs dor över weg, dicht aneenannerdrückt as de Küken ünner de Gluck. Un de Gluck harr keen Flunken, blooß 'n opreckt Hals, un dat weer de Karktoorn.

So veel Hüüs op een'n Dutt harr Heidewig noch nich seeh'n. Op meist verwunner ehr, dat dor keen Bööm ut den Huusklump keeken, nich maal an'n Rand naa't Waater to – blooß blanke Muern. Un in dat Waater vör de Stadtmuer seehg se de Stadt noch maal, nu aver överkopp. In den glatten Waaterspegel seehg se de Hüüs sogaar noch scharper as liek vör Oogen in de flirren Luft. De Hüüs weer'n ungliek hooch un ungliek spitz, un se harr'n all een Pannendack, so as in Abbenhuusen un Neeklooster blooß de Kark. Jungfer Margret seehg Heidewig ehr baß Verwunnern. Dor harr se op hofft, un se hoff noch mehr, dat schull den ganzen Dag so blieven.

„Komm", segg se denn, „nu kiekt wi uns de Hüüs von binnen de Stadtmuer an!" – Un se güngen op de Steenbrügg to, de dor mit twee Rundbaagen över dat Waater vör de Stadtmuer reck. Dor müß de Stadtdör wän, meern in dat groot Veerkanthuus, dat dor breeder as de Brügg un maal so hooch as de annern Hüüs sik opsteil. In de Mitt weer een spitzbaagig Dörchfahrt un doröver noch een Stockwark mit fief tomuert Spitzbaagenfinster un doröver een schreeg toloopen Dack. Un blangen dat breetstevige Veerkanthuus mit de Dörchfohrt stünn, nich ganz so hooch, een Rundtoorn mit langtaagen Verkantfinster in een Reeg ümto.

Un se seehgen een Pärgespann mit Schottwaagen op de Dörchfahrt toföhr'n. Op de Brügg hööl de Kutscher an un tüüg de Pär trügguut. Un as de Pär nich recht wullen, steeg he af, bünn dat Leit fast an de Rungen un greep in de Speeken, bit de Waagen von de Brügg weer un an de Straatenkant stünn. To keem dor 'n annern Waagen ut de Dörchfahrt ruut. De Kutscher wünken sik to, un de eerste Waagen föhr wär an. Un Jungfer Margret un Heidewig güngen achter em her un dörch de schattig Dörchfohrt, un denn stünnen se in de Stadt an'n Binnenhaaven. Schippsmasten recken sik dor hooch ut een'n Waatergraaven merrn in de Stadt. Un de Waatergraaven weer graad dörchtaagen un in Steenmuer infaat, un blangen em lööp an beid Sieden een Straat, un an de Straat stünnen Hüüs, een an'nannerbackt un smaaldrückt mit twee oder gaar dree Finsterreegen över'nanner, un de Gebel wiesen all naa Straat to. Un op de Scheep in'n Binnenhaaven un op dat Steenööver dor blangen weer'n Lüüd an't Schirrwarken, un Kinner lööpen dor an'n Haaven rüm un Hunnen un Katten. Un Aanten swümmen op't Waater, unrastiger as op'n Möhlendiek, un op de hoochrecken Pöhl seeten Mööven un schrälen un keckern wat dorher, un twüschen de Kisten, Tunnen un Säck an Land fluddern un picken Lünen, un de Lüüd, de dor op de Ever un an't Ööver hantier'n, rööpen sik wat to: Dat pulter un snaater, schimp un lach un klapp un knarrsch man so all dörch'nanner.

„De Waatergraaven hier", segg nu Jungfer Margret. „dat is dat Fleeth. Dat is in Steenmuer infaat, dat de Scheep dor anleggen künnt ton Ut- un Vullaaden. Un dor an't End von't Fleeth, dat Dweerhuus, dat is de Spieskaamer för de Stadt, de Stadtwaatermöhl. Dor ward dat

Koorn, dat de Buern anföhrt, mahlt, un wat dor över is, ward in de Scheep laadt un de Iss daal naa de Elv to bröcht. Dor kann een ok mitreisen naa Hamborg. Dat heff ik ok maal daan, Oda to besööken. Aver dat is een anner Geschichte.

Un hier, to rechten Hand, blangen den Rundtoorn, wo nu de Karkhoff liggt för de Armen, dor hett inst de Leeffrooenkarken stah'n, een lütt Kapell man, een Marienhuus. Dorhin to hebbt uns Lüüd den Marienaltar bröcht, as de Swatte Gard uns angah'n wull un wi dor frööh noog Künn von kreegen.

As denn de Luther-Gloov, de uns Leeffroo Maria nich groot achten dä, de Baavenhand hier kreeg un de Stadtlüüd in't Raathuus dat Seggen, hebbt se de Kapell afreten. Un se wüssen nich, wohin mit dat Altarbild. To hett een Koopmann ut dat Münsterland, de hierher totaagen weer, dat in sien Huus rinholt. Un dor steiht dat noch. Un disse Koopmann weer Beeke Eckhoff ehr Urgrootvadder. In den sien Huus gaht wi nu."

Un se güngen vörto an't Fleeth lang. Jungfer Margret weer dor faaken gah'n. Toeerst mit all ehr Kloosterschwestern, faaken ok mit Oda un Beeke un nahstens, as Oda heiraat harr, mit Beeke alleen. Un de Lüüd an'n Haaven un op de Straat keeken op jüm an, de een un anner verwunnert, de mehrsten blooß biweglangs, un af un an weer een dorbi, de nick jüm to. Un Jungfer Margret nick denn trügg. Se güngen de Fischerbrügg vörbi op de Kraanbrügg to. Op halven Weg dorhin bleef Heidewig wat stah'n. Se keek dörch een Lüttstraat op de anner Siet von't Fleeth op den Karktoorn to, de sik dor grootmächtig hoochreck un de ganze Straat tostell. Wat ehr dor angüng, weet ik nich. Wat schall een Deern, in een Buernkaat opwossen, un in dreedaags Tiet eerst in een Klooster, denn vör een Grootkark stellt, woll angah'n?

Jungfer Margret ahn' woll, wat ehr angüng. Se segg: „Son Karken boot de Stadtlüüd för sik sülven un seggt denn Gott sien Huus dorto. As wenn uns Gott dor jüst son Prahlhahn weer, de op den hööchsten Pohl will kreih'n!"

To wüß Heidewig sachs noch weeniger, wat se denken schull. Un se güngen wieter op de Kraanbrügg to. De Kraan stünn op de anner Siet von't Fleeth. Dat weer een Kastenhuus ut Holt mit utreckt Schreegboom, wo een Ked von daalhüng mit isern Haaken doran. Un een Schipp leeg dorünner, dor weer'n se op an't Schirrwarken un an Land ok; se slöögen Tauwark üm Kisten un Tunnen un Säck un hüngen se an den Haaken un fiern se op dat Schipp. – Un dissiet dat Fleeth stünn een, de lehn sik mit den Rüch an'n Fleethtuun, harr den Arm dor anwinkelt opstütt un keek op 't Waater un op de Arbeitslüüd.

„Gooden Dag, Tore Michelsen!" segg Jungfer Margret.

Gliek richt de Mann sik op un dreih sik to jüm her.

„Dag, Jungfer Margret", segg he, „heff Jo lang nich seeh'n."

„Ik weer ok lang nich hier. Woans steiht dat Waater?"

„So as ümmer", segg Tore, „maal hooch, maal sied – un mi bit an'n Hals."

Dat weer sien Snack, wenn em dat goot güng. „De nich klaagt, is doot", segg he meisttiets achterher.

Un dorüm bruuk ok Jungfer Margret wieter nix to fraagen.

„De snackt, hett nix to doon", weer ok sien Snack.

„Dien Fründschaap is utflaagen", rööp he noch achter ehr her. „Mien Fründschaap is ümmer dor", anter se.

Un denn stünnen se ok gliek vör Koopmann Eckhoff sien Huus. Un Jungfer Margret slöög de Bell an, un't duer nich lang, to stünn dor een junge Froo in de Dör un segg naa'n Stoot Verwunnern: „Ach, Jungfer Margret, willt Ji uns besööken?"

„Wenn wi dat dröfft, willt wi dat woll."

„Man to!" segg de Froo un möök de Dör free ton Ringah'n.

„Gaht gliek in de nee'e Dönz", segg se, „ik hol wat ton Drinken."

Un Jungfer Margret un Heidewig güngen in de groote Dönz, un Jungfer Margret stünn un kunn't nich faaten: Dat Altarbild, dat weer nich dor. Dor, wo dat ümmer stah'n harr an de Binnenwand, de Finster geegenöver, an Sünnendaag von Licht ophellt, dor stünn een Schrank, breet un hooch un swaar. Un wat ümto, de Wannen, Finster un de Mööbel, dat all weer nee. Un op den Footbodden leeg een Teppich, de weer frööher ok nich dor.

„Hier is eerstmaal wat ton Drinken", segg de junge Froo un bröch op platten Glasteller dree blinken Drinkgläs un een Glaskruuk vull mit rooden Wien un stell se op den Disch. Un gööt de Gläs denn vull. För sik een lütter Maat. Denn dä se de vullgaaten Gläs Jungfer Margret un Heidewig to, bör ehr Glas op un segg: „Schöön, dat Ji kommen sünd! Unverhofft Besöök bringt Glück!" Un se sett ehr Glas an de Lippen un drünk, un Jungfer Margret un Heidewig dän't ok.

„Nu sett Jo doch!" segg se. „Swiegervadder un Swiegermudder sünd nich dor, de sünd naa Hamborg. Un Vinzenz, mien Mann, is op't Raathuus gah'n. Ik weet nich, wann he trüggkummt. Kann lang duern, hett he seggt. Aver se hebbt mi von jüm ehr Tante Beeke vertellt un von Jo, Jungfer Margret, ok. Jo wunnert sachs, dat dat Altarbild nich mehr dor is. Dat hebbt wi in de anner Dönzen stellt. Hier nöhm dat to veel Platz weg. Wi wüssen mit mien Utstüer nich recht wohin. – Nu drinkt man noch! Ik wies Jo, wo dat Bild nu steiht. 'n lütten Stoot blieft man noch sitten!"

Un se stünn op un güng ut de Grootdönz ruut. Un Jungfer Margret wüß wohin un worüm, un se hör denn ok dor in de Achterdönz dat Rümhantier'n.

Un se dach an de Tiet, as Beeke noch dor weer. Un de letzt Besöök mit ehr hier in ehr Öllernhuus stünn ehr vör Oogen. Un wat se Heidewig von dat Marienalterbild vertellt harr, dat vertell se sik noch maal. Heidewig antosnacken, harr se keen'n Moot; se harr ehr ok schier vergeten.

Hier an de Breetwand harr dat Bildwark opklappt stah'n op swaaren Eekendisch. Een Meister ut Hamborg harr't an't Nee'e Klooster inst vermaakt. Un dor harr't in de Kloosterkarken stah'n – bit de Swatte Gard weer kommen. To harr'n se dat dörch't Moor naa Stadt to bröcht un dor denn in de Leeffrooenkark opstellt. Un dor weer't bleven, bit dat afbrennt Klooster naa un naa wär opboot weer. Un denn weer't doch nich trüggkommen. Se bruuken Geld. De Stadt harr jüm dat afköfft. Un in dat Nee'e Klooster weer een anner Altarbild denn kommen, nich so groot un nich so hell un sachs ok nich so düer.

Un in den Kloosterhoff, dor weer de Linn mit afbrennt, un jüst to glieker Tiet een nee'e Linn bi de Leeffrooenkark opwossen. Wokeen se plant, dat wüß keeneen. Dat harr'n se as een Teeken nahmen, dat nu dat Bildwark in de Stadt schull bleven. Dor wull aver Lubeke Hanne in ehr Chronik nix von weten. Se schrift: De Teeken, de wat gellt, heet: Geld.

Bi sik in'n Kloosterbinnenhoff harr'n se denn een Eek plant. Von dor an weer'n se dree-veermaal in't Johr naa de Leeffrooenkark to Wallfahrt gah'n, un nahstens, as de Lutherschen weer'n kommen un de Stadt de Kark harr afbraaken, to weer dat Bild in dit Huus hier an'n Fleeth kommen. To weer'n se hierher gah'n. So harr Lubeke Hanne dat vertellt. Un se harr noch mehr seggt. Se segg, se harr'n dat Altarbild ok ton Dank in de Stadt laaten, se harr'n dat goot hatt dor, as de Swatte Gard jüm harr ut't Klooster dreven, beter as de Jungfroon von dat Oole Klooster. De weer 'n ok wohrschoont worr'n un denn mit Sack un Pack to Schipp de Iss daal naa de Stadt to flücht. To weer de Stadt mit Kloosterlüüd dor vullstoppt wän bit baabenhin, un dat harr Arger geven op de Duer. De Kloosterfroons von't Nee'e Kloster kunn'n all in ehr eegen Huus an'n Fleeth goot ünnerkommen, dat harr Probst Lüders instmaal för jüm köfft un utboot. De Jungfern von dat Oole Klooster müssen in de Stadt verdeelt warr'n. Dat harr den Arger geven, mit de Tiet so dull, dat de Plaan opkeem, dat Oole Klooster, dat de Swatte Gard ok afbrennt harr, schull nich wär opboot warr'n un de Jungfern op anner Klööster verdeelt. Dor weer'n de Jungfern von dat Oole Klooster aver geegenan gah'n.

Lubeke Hanne vertell sogaar, de Swatte Gard harr't Oole Klooster gaar nich anröögt, de Stadtlüüd ut Buxtu harr'n 't uträubert un ansteken. Se harr'n den Probst un den Börgermeester, de jüm dorbi mööten wull'n, angrepen un verjaagt. De Stadt un dat Oole Klooster leegen egaalweg in Striet.

De Ursaak weer: all dat Land ümto hör dat Klooster to, de Stadt müß't Stück üm Stück von't Klooster afbetteln un betahl'n, wull se sik wat to't Eegenland dortohol'n ...

„So, nu kommt man", segg de junge Froo nu dörch de Dönzendör. Un se güngen ehr naa in een lütt Achterdönz naa'n Hoff to. Dor weer man een Finster in. De junge Froo aver harr twee Talglichter ansteken un op den schraakeligen Disch dor stellt, wo nu dat Altarbild opklappt geegen de Wand lehnt stünn. Dat Finsterlicht un de beiden Talglichter lüchen den Billerbaagen man weenig ut. Dat röök naa oolen Stoff un muffig Tüüch, un an de Wannen rund ümto stünn afstellt Huusraat ...

Jungfer Margret slöög dat Krüüz un güng in de Knee ton Beden. Un Heidewig, de eerst op de opstellt Billertaafel keek un denn op Jungfer Margret, güng ok in de Knee. Se wüß nich, wat se beden schull. In Abbenhuusen in de Kark harr ümmer blooß de Paster bedt. He harr woll elkmaal seegt: „Laat uns beden!" aver snackt harr he denn ümmer sülven, un se harr'n tohört.

Jungfer Margret snack nich; aver ehr Lippen röögen sik, as snack se doch. Un Heidewig wüß nich, wo mit de Oogen hin. Op de Biller müch se nich kieken, so geern se't ok daan harr. Un se frei sik, as Jungfer Margret denn opstünn. To stünn se ok op, un se seehg, wat Jungfer Margret ehr wiesen wull: dat Marienaltarbild.

Son helle Biller harr se noch nich seeh'n. All weer'n op goldgelen Grund maalt, un de Lüüd dorop harr'n lichtblaue oder lichtroode Kleeder an, de leeten as mit Sünnenwarms dörchwevt; 'n paar Froonslüüd harr'n witte Koppdööker üm un welk 'n golden Teller achter'n Kopp, een Wickelkind ok. Dat weer dat Jesuskind, dat wüß se, un de dat Kind dor op den Schoot harr, dat weer Maria, sien Mudder. Wat de annern för Lüüd weer'n, wüß se nich. Se harr ok noch nich all Biller ankeken, to bleeven ehr Oogen bi een Bild stah'n. Dor weer een Mannsminsch op to seeh'n mit Helm un isern Bostkleed, de steek mit een övergroot Messer een lütt naakt Kind dörch't Lief ...

Un Jungfer Margret seehg, wo se bi'n Kieken fasthaakt weer un segg: „Dat is de Moord an de Kinner in Bethlehem, dor kiek nich hin! Kiek op dat Bild doröver! Dat is de Geburt von Maria. Sühst du, ehr Mudder, de Hillige Anna, liggt op een Sofabett mit Kleed un Koppdook un in de Hand 'n Teller mit Lepel. Un in de Mitt steiht een vörnehm Froo mit hoochgürtelt Kleed un naakte Schullern – dat is sachs een Verwandte, de bringt ehr 'n Kump mit Supp. Un links dorvon steiht een oole Deenstmagd, ok mit Koppdook, de maakt Waater warm för dat Kind ton Baaden. Un de Jungdeern dorachter hullt dat Handdook praat. – So, meent de Maaler, is uns Leeffroo Maria gebor'n, un all de Biller ümto vertellt ehr Geschichte ..."

Un Heidewig flöög mit ehr Oogen över de annern Biller hin, keem aver gliek wär trügg to den Helmminschen mit dat övergroot Messer. Bi dat Woort Moord harr se an Jochen Thielen dacht.

To weer't denn goot, dat de junge Froo dor luerns in de Dönz rinkeek un segg: „Ik heff wat ton Eten op den Disch stellt."

To güng denn Jungfer Margret noch maal in de Knee und bedt nu luut dat Ave Maria, un Jungfer Heidewig bedt mit – ohn Wöör. Bi Disch nu füng de junge Froo dat Fraagen an. Se fröög naa dat Nee'e Klooster, un se vertell von dat Oole. 't weer aver nich veel, wat se dorvon wüß, un wat se wüß, wüß Jungfer Margret ok. Un Jungfer Margret fröög ehr naa ehr Swiegeröllern un naa de annern Lüüd, de se ut Beeke ehr Vertellen kenn.

Un de junge Froo verklaar noch maal, worüm se dat Altarbild in de lütte Dönz harr'n bringen müßt. För jüm, meen se, müß 't laaten, as weer dat dor bikantstellt. Dat weer aver nich so. Un Jungfer Margret hör dor Woort för Woort ruut, dat weer doch so.

To füll't denn ok nich swaar, sik noch maal för dat Eten to bedanken un sik wär op den Weg to maaken. Se kreegen noch een Tobroot mit op'n Weg, un een kunn marken, dat de junge Froo doch wat verlichtert weer, as se mit Nochmaal-veelen-Dank ut't Huus denn güngen.

Se güngen liekto över de Kraanbrügg in de Breede Straat. An'n Kraan leeg nu een anner Schipp; aver Lüüd weer'n dor nich bi togang. Op de Breedstraat seehg nu Heidewig noch maal een Huus an't anner stellt, as weer'n s' tohoopschaaven un dat een hööger, dat anner sieder aneenannerdrückt – so as an'n Fleeth ok. Aver hinkieken dä se dor nich lang. Se kreeg dat Bild dor mit den Helmminschen nich ut de Oogen un Jungfer Margret nich dat Altarbild in de Afstellkaamer. „Wenn Beeke dat wüß!"

Un nu mark se ok, dat ehr de Been doch lahm worr'n weer'n op den langen Weg dor dörch dat Moor op den uneben Footstieg, liekers se lang noog seten harr in Beeke ehr Öllernhuus un ok goot eten. Villicht ok leeg dat an den Wien, den se anners nich drünk, un den se nich harr afslaagen mücht. Se weer't mitmaal leed, Heidewig noch mehr wat von de Stadt to wiesen.

För't Raathuus bleeven se noch stah'n. Aver dat weer keen Huus ton Lang-ankieken. Een breetstrevig Steenschüün weer't, nich hööger as de annern Hüüs, mit negen spitzbaagig Finster dicht bi' nanner in de böverste Reeg un söß oder söven Veerkantfinster dorünner. – De Hüüs an'n Raathuusplatz weer'n staatscher as de an de Breedstraat un an'n Fleeth; aver nich staatscher as Beeke Eckhoff ehr Öllernhuus.

Jungfer Margret keek dor gaar nich hin, se mark ok nich, dat jüm Lüüd vörbigüngen, de ehr tonicken dän. Se güng de Langstraat hooch un an de Hillig-Geist-Kark vörbi op de Geestdör to. Un se güngen dor dörch un över de Stadtgraavenbrügg un naa'n Stoot över de Issbrügg.

Un dor nu bleef Heidewig stah'n un dreih sik üm. Un se seehg: De Geestdör weer een noch grötter Togang as de Holländer-Dör, dörch de se in de Stadt gah'n weer'n. Een grootbramstig Veerkanthuus weer't, mit veer Reegen Finster över'nanner un denn een Spitzdack mit Glockentoorn dorop. Un Wohnhüüs weer'n doran boot, mit de Stadtmuer liek. 't seehg all wat anbackt ut un scheefsackt un ok wat klöterig. De Lüüd, de dorin wohnen müssen, de harr'n gewiß nich son hell Grootdönz, as se in't Huus an'n Fleeth harr seeh'n.

Heidewig keek nich lang trügg, un Jungfer Margret harr't eerst gaar nich daan. Se weer langsaam vörto gah'n dor op de Dammstraat naa dat Oole Klooster to. Sodraa se den Geestrand harr'n faat, böögen se naa rechts to af op de Poststraat oder ok Heerstraat heeten, hin naa Staad. Jungfer Margret wull, so gau as't güng, naa Huus.

Dat Loopen füll ehr swaar un dat Vertellen ok. Se sweeg. Un Heidewig weer dat mit. Se harr to veel seeh'n un hört. –

Swiegen dän dor Pater Reinbrecht un Magister Fexer nich, as se to jüst desülve Tiet dörch't Kloosterholt wär trügg naa't Nee'e Klooster güngen. Se weer'n dor rein för nix in 't Oole Klooster wän, de Froo von Schapen noch maal antogah'n, de Bööker, de dor weer'n, för't Jesuitenhuus in Hamborg freetogeven. De Froo von Schapen weer nich dor, weer utflaagen in de Stadt to een von de Pastorenfroons dor an de Petrikark. – To harr'n se denn 'n Stremel mit de beiden Jungfern snackt, mit Metta von Langenbek un mit Susanna Hauenschütz. Nu weer'n se op'n Trüggweg naa Neeklooster, un se weer'n argerlich, op meist Pater Reinbrecht. Em weer sien lang hegt Plaan gliek tweemaal verhaagelt: He wull Jungfer Margret un de Kloosterböökeree naa Hamborg bringen. Un he weer mit dat nee'e Kapitel, dat dor in dat Nee'e Klooster schull opslah'n warden, noch nich dörch un segg noch maal: „Een Jungfer maakt keen Klooster."

„Dat geiht nich blooß üm Jungfer Margret, dor sünd noch mehr, de noch dat Klooster bruukt."

„Un jüst so veel, de op dat End lang tööft."

„De künnt noch länger tööven."

„De Amtmann weer sien Sorgen ledig, un du harrst reinen Stall."

„De Schaap, de naa den Katechismus nich mit in mien'n Stall rinhört, de sünd nich unrein."

„Du meenst, wenn Schwester Agnes nich mehr singt, hest so un so keen'n Arger mehr."

„De Arger weer ok mit Schwester Agnes jüst nich groot."

„Weer'n wi in Striet, denn weer mi beter, denn harr ik seggt: Du hest de Olsch von Schapen Naaricht daan, dat wi kommt."

„Dien Olsch von Schapen is een bucksterrsch Wief. Dat ehr de beiden Jungfern un Pater Bernhard nich dat

Chorgebet wull'n mitbeden laaten, dat maakt ehr giftig."

„Un mehr as dat, dat maakt ehr löögenhaft! Noch vör veer Weken, as ik fraagen dä, wat se de handschreven Bööker nich wull utdoon, hett se to mi seggt: Dat hett noch Tiet. De Wohrheit weer, se harr s' al utdaan an een'n Gelehrten hin naa Staad, de luthersch un kathoolsch nich acht."

„Doot wi dat denn? Un deit uns Meister Leibniz dat? Hebbt se em jüst nich ‚Glöövnix' heeten?"

Un dormit weer'n se op een Flach, wo se sik mehrsttiets draapen dän. De Dag weer aver nich dornaa, dat schoolklook noch maal uttometen.

„Laat uns aftööven, wat uns beiden Jungfern maakt", segg Magister Fexer.

Lang vör de Vesper al weer'n Jungfer Margret un Heidewig wär trügg in jüm ehr Klooster, un se güngen elkeen in jüm ehr Klausur-Kaamer. Un as de Glock denn anslöög un Jungfer Margret in de Kloosterkark keem un gliek dornaa Pater Reinbrecht ok, seet Heidewig al dor un keek op dat Altarbild in ehr Klooster. Se wull nu to geern seeh'n, wat dorop afmaalt weer; se kunn't aver nich goot, se seet to wiet weg, un dat Buutenlicht füll ok man schreeg in un smeet Schatten, wo se Licht bruuk. De Minschen op de Biller dor weer'n ok nich opmaalt op glatten Grund, se weer'n half oder ganz to Figuren utformt, so as de Jesus dor an't Krüüz baaben de Kanzel. Un von de Jesusgeschichte vertellen de Biller woll ok. Dat Hauptbild in de Mitt wies gliek dree Minschen, de an't Krüüz weer'n slah'n. Un ünnen twüschen de Lüüd ünner de Krüüzen weer een witten Strek, de seehg ut as een Hund. Se kunn't aver nich recht seeh'n, un dichter rangah'n in den Chor un vör den Altar müch se nich …

Un Jungfer Margret füng an mit dat Chorgebet. Se segg: „Deus in adjutorium intende! (Gott, denk doran, dat ik Hülp bruuk!) Un Pater Reinbrecht segg: Dominus adjuvandum me festina! (Komm, Herr, mi to Hülp!) Un Jungfer Margret: De profundis clamavi ad te, Domine! (Ut Angstnoot roop ik, Gott, to di!) Un Pater Reinbrecht: Domine exaudi vocem meam! (Hör du, Gott, mien Stimm!)

Un Heidewig hör to, bit ton End hör se to, so as an'n Aabend vörher ok. Un de Magister Fexer, de sik dor in de letzte Bank harr sett, dat Heidewig em nich kunn seeh'n, hör ok to.

Naa de Vesper snack Pater Reinbrecht vör de Karkendör 'n langen Stremel noch mit Jungfer Margret. Wat se seggt hebbt, weet ik nich. Ik nehm an, Pater Reinbrecht hett noch maal versöcht, Jungfer Margret mit naa Hamborg to snacken. Magister Fexer stünn dorbi un segg nix.

Se seehgen aver, dat Heidewig noch tööf un sachs wat seggen wull. Un Jungfer Margret nick ehr to, un se keem nööger un segg: „Kann ik ok woll Latien lehr'n?"

Un Jungfer Margret segg: „Ja, dat kannst du. Morgen fangt wi an."

Se schreeven nu dat Johr 1700

Faaken is dat so, dor passiert in dree Daag achter'nanner mehr as in de dree-veer Johr dornaa. In Neeklooster weer dat so.

In Frankriek regier noch ümmer Ludwig XIV. un dreev noch Johr för Johr sien Hugenotten buutenlands. Dreehunnertduusend weer'n al gah'n. De Rest harr sik in dat Cevennen-Bargland trüggtaagen un wull sik wehr'n. Un de Sünnenköönig möök sik praat, jüm dor uttoräukern.

In England regier Wilhelm von Oranien, de möök dat jüst annersrüm, de möök de Katholiken in Irland dat Leven swaar: He nöhm jüm meist all de Rechten un sack jüm de „Penal Laws" op. Dornaa dröffen de irischen Katholiken keen Land kööpen un keen verarven, keen Pärd hool'n, dat över fief Pund weert weer, nich an de Universität studier'n un keen öffentlich Amt wohrnehmen.

't duer nich lang, to hör twee Drüttel von dat Land de Engländer to.

In Rußland regier Peter I., de de Groote noch nich weer, aver op den besten Weg dorto. He weer naa Preußen, Holland un ok England reist un harr sik dor klook maakt för sien Grootwarden.

In Östriek regier noch Leopold I. De slöög sik ümmer noch mit de Türken rüm. Sien Böverste Suldaat, Prinz Eugen, harr jüm jüst bi Zenta een'n op't Dack haut un de Stadt Sarajewo innahmen. Nu maak he sik praat för den Krieg mit Frankriek wegen de Köönigskroon in Spanien.

In Hannover weer twee Johr tovör Kurfürst Ernst August storven un harr för sien'n Söhn Georg Ludwig Platz maakt. Den sien Froo, de Prinzessin Dorothee von

Celle, seet ümmer noch in Ahlden an de Aller in dat Amtshuus sparrt. Un Georg Ludwig dä, wat he harr ümmer daan, he amüsier sik mit sien Mätressen. Dorüm is he ok nahstens Köönig von England worr'n. – Sien Raatgever un Bestmann an'n Hoff, Gottfried Wilhelm Leibniz, weer blangen all sien Plaanen un Studier'n ok dorop ut, de Evangelischen un de Katholischen wär in een Kark to bringen. Un Pater Reinbrecht in Neeklooster, de Jesuit, un Paster Fexer in Abbenhuusen, de Lutheraner, weer'n sien Schööler. Dat wüß he aver nich.

Hier bi uns regier nu de Schwedenköönig Karl XII., achtteihn Johr oold un op nix anners ut as op Kriegspeel'n. Dat duer aver noch wat, bit he dormit anfüng. De Lüüd bi uns hier kunn'n dat so un so al marken. Se müssen Stüern över Stüern betahl'n. Slechter hett't jüm ok in'n Grooten Krieg nich gah'n.

De schööne Aurora, de Schwester von Philipp Christoph Graf von Köönigsmarck, de August den Starken in Dresden weer üm Hülp angah'n, de Mörder von ehr'n Brooder to finnen, weer in dat Damenstift von Quedlinborg gah'n un jüst dit Johr, 1700, dor Äbtissin worr'n.

August de Starke harr in Warschau Arbeit funnen. He speel dor nu as August I. den Köönig von Polen. För de Rull dor is he geern katholisch worr'n. He nöhm dat mit de Karken jüst so weenig genau as mit de Betten.

De Noordsee harr een dägte Störmfloot achter sik un noch för dit Johr een vör sik. In Bremen füll een Aart Fleegen in, Reree-Nymphen heeten, de füllen so dicht, dat se s' dor ammelwies tohoopenharken un in de Werser schütten.

In Neeklooster harr sik ok wat ännert: Johann Bärgs, de Vaagt un Amtmann, de lang al krank un stökerig weer,

weer storven un Johann Georg Hartmann sien Naafolger. Dat weer nu de Mann, de dat Klooster, so gau as't güng ut den Finanzplaan bringen wull – un dat doch nich waag, Jungfer Margret un ehr'n Anhang vör de Dör to setten. De Anhang weer ok wat lütter worr'n. Lorenz Dammann, de Hülpsmann in de Möhl, un sien Froo Maria, de Hülpsfroo in de Kloosterkök, weer'n nich mehr dor. Dat weer kommen, as dat kommen müß. Lorenz sien Mudder weer vör Kummer storven, un sien Vadder harr sik dootsaapen. To weer denn Lorenz mit Maria trüggah'n op den Hoff, de jüm tostünn.

De Kloosterkök möök nu Christine alleen, un Heidewig güng ehr to Hand. Aver Heidewig güng ok Dag för Dag bi Jungfer Margret in de Schoolstunn. Se harr lesen un ok schrieven lehrt un seet nu al twee Johr un länger Jungfer Margret geegenöver bi dat Chorgebet. Se kunn de latienschen Psalmen lesen, un wenn se lang ok noch nich all'ns verstünn, wat se dor les – lesen kunn se. Un se les nich blooß de Psalmen för de Chorgebete, se les mit Jungfer Margret ok de Kloosterchronik von Lubeke Hanne un wat jüm anners noch ton Lesen goot düch, un se snacken doröver. De stille Margret weer an't Snacken kommen un Heidewig ok – wenn ok to Hauptsaak denn, wenn se alleen weer'n. Un Heidewig dä noch mehr: Se stick un neih, un se knütt an lange Winterdaag 'n Teppich. Dor weer een Dreestammeek op to seeh'n un een Diek mit Bööm ümto un achterto een Kloosterkarktoorn.

Ehr Tiet weer kommen, as Pater Reinbrecht trügg naa Hamborg güng un Pater Bernhard Staudt so oold un klapprig worr'n, dat he nich mehr in beid Klööster, in't Oole un in't Nee'e, gliek un goot sien'n Deenst kunn doon.

Un nu, an'n 7. Februar 1700, weer Susanna Hauenschütz, de letzt Professa in dat Oole Klooster storven. De Beerdigung harr'n se wat ruutschaaven, dat dor mehr Lüüd anreisen kunnen ut Hamborg, wo Susanna ehr Verwandtschaap harr, un von annerswo her; denn de letzte Professa von dat Oole Klooster schull mit veel Publikum bisett warr'n – so weenig de Lüüd, de kommen wull'n un schull'n, sik annertiet ok üm ehr kümmert harr'n. Un disse Beerdigung harr ok in Neeklooster een Vörspeel.

THALIA

„Wat fehlt mi", harr Heidewig Jungfer Margret fraagt, „dat ik Novizin kann warden."

„Nix fehlt di", harr se antert, „as dat Klooster."

„Hier is een."

„Ja, aver een Klooster op Utloop."

„Un wenn dat nich so weer, denn kunn ik dortohör'n?"

„Gewiß doch", segg Jungfer Margret. „Ik bün doch ok von een'n Dag op den annern hierher bröcht worr'n – un bleven."

„Un wann büst du Novizin worr'n?"

„Naa dree Johr. As ik dat wull, heff ik een Novizinnenkleed kregen. Beeke ok. Beeke un ik an den glieken Dag. Un naa söven Johr hebbt wi de Profeß afleegt."

„Kunn ik nich ok een Novizinnenkleed kriegen?"

„Dat Klooster drööfft keen Novizinnen mehr opnehmen."

„Aver een Novizinnenkleed dröff ik doch kriegen."

To keek Jungfer Margret Heidewig lang an un woll ok wat in sik rin, un denn segg se: „Dor will ik över naadenken." Se dach dor aver gaar nich mehr över naa, se güng liekut in de Kleederkaamer, wo all dat Tüüchwarks hüng, dat von ehr Kloosterschwestern ut beter Tieden naableven weer, un se söch dat best Novizinnenkleed ut, dat se finnen kunn, un bröch dat noch den glieken Dag to Heidewig.

„So", segg se, „dor geihst du mit naa Snieder Hauschild un lettst di dat anmeten un topaß maaken!"

Un Heidewig güng mit ehr todacht Kleed naa Snieder Hauschild, de Bohnenstang'n, un naa sien Froo Elisabeth, den Kürbis. De wohnen schreeg geegenöver de Kloosterpoort op de anner Siet de Straat blangen den Amtskroog.

Un dor stünn de Welt Kopp un tööf op ganz wat anners as op nee'e Kundschaft. Se mark dat buutenhuus al. Vör de Grootdör, de naa de Straat to güng, düch ehr, se hör wat, un as se rümgüng naa de Blangendör, hör se't mit beide Ohren: een Stöhnen, meist een Schree'n ...

Un se waag nich, in't Huus to gah'n. Un as't denn doch 'n stootwies still weer, waag se dat doch. De Blangendör weer aapen, blooß wat anlehnt. Se klopp un tööf, un se klopp noch maal un rööp liesen; aver dor keem keen, ehr rintolaaten. To stött se de Dör sacht ganz aapen, güng in't Huus un bleef 'n stootlang stah'n. Noch maal rööp se liesen; aver dor keem ümmer noch keen. Aver dat Stöhnen füng wär an. Dat keem ut de Butzendönz. Ok dor stünn de Dör aapen, un se güng dorop to, un se seehg Elisabeth op't Bett liggen un den Kopp hin un her smieten, un se stöhn dorbi, as wenn se Weehdaag harr. Un Geeschen Minners stünn blangen dat Bett un snack ehr goot to. Un vör dat Bett leeg Snieder Hauschild platt op'n Buuk un röög sik nich. – To wull se gau trügguut gah'n un ruut ut't Huus. Geeschen Minners aver kreeg ehr to seeh'n un segg: „Blief hier un hülp mi den Kerl hier ruut, de liggt mi in'n Weg! – To, faat mit an!" kommandier se, „nehm du de Been!" Se sülven greep em an de Schullern un dreih em eerstmaal op 'n Rüch; denn greep se ünner sien Schullern, un Heidewig greep naa de Been, un se slepen em knickors över den Footbodden naa't Flett to un in't Flett bit vör de Füerstä, un dor leeten se em liggen. „Nu geet em 'n Schupps koold Waater in't Gesicht!" segg Geeschen Minners un güng gliek wär trügg naa Elisabeth. Un Heidewig keek üm sik to, un se hör den Ketel över't Flettfüer bruddeln, un se söch een Kell un fünn een, un se fünn ok 'n Ammel mit koold Waater, duuk de Kell in un – töger wat un gööt denn butz de Kell mit Waater den Snieder in't Gesicht. De röög den Kopp wat hooch un japp naa Luft, aver, as ehr dücht, nich noog. To lang se noch maal in den Waaterammel un platter gliek een Kell noch achterher.

To richt' de ümkippt Bohnenstang'n sik op un spudder üm sik to. Aver Heidewig wull un kunn sik nich mehr üm em kümmern. Se hör wär Stöhnen in de Butzendönz, un se lööp hin, un Elisabeth schree gräsig op, so scharp un schrill, dat't ehr de Ohr'n von'n Kopp meist reet. Un se seehg Geeschen Minners dor hantier'n mit Scheer un Bindfaaden, un denn hööl se mitmaal een spaddelig Kind in beid' Hannen hooch, schüttel dat dörch un dörch, dat't nu ok an to schree'n füng un legg dat denn Elisabeth op de Bost. – Un de stöhn nich mehr, de keek hellöögsch un vergnöögt.

„Hol warm Waater!" blarr Geeschen Minners Heidewig an, „aver gau!" Un Heidewig lööp in't Flett, lang den praatstah'n Holtammel her un kell warm Waater ut den Ketel över't Flettfüer un spröng dormit trügg in de Butzendönz – an Christoffer Hauschild vörbi. De harr sik wär to Been bröcht un stünn in't Dörlock un keek sien Froo an.

„Nu kiek di dien Wunnerwark man an", segg Geeschen to em, „un wenn weten wullt, wat't worr'n is, kiek em twüschen de Been!"

Un Christoffer güng op sien Elisabeth to, un de segg: „'n Jung'n!" – Un he keek op dat lütt Dutt Minsch, un he keek un keek, dat Mundwark sparrwiet aapen. – To slöög Geeschen Minners de Bettdek ganz bisiet, un he kreeg den grooten Placken Bloot- un Fruchtwaater to seeh'n, un he pett gliek wär dörch de Wulken, op de he jüst noch stah'n harr: He sack in de Knee, he flacker mit de Oogen, he japp naa Luft.

Un Elisabeth lach un Geeschen ok. Un Heidewig stünn dor mit den Ammel vull warm Waater, un Geeschen prööv dat mit de Hand un segg: „Noch 'n beten koold dorto!" Un se nöhm Elisabeth dat Kind von de Bost un segg: „Wi gaht in't Flett, hier liggt to veel Mannslüüdkraasch ünner Fööten."

Un se güngen in't Flett, un se baaden dat Kind, un Geeschen wickel dat in Wittdööker un güng dormit trügg in de Butzendönz un legg dat Christoffer in'n Arm. – De harr sik verholt un opsett un lehn mit den Puckel geegen de Wand.

Un Geeschen güng bi un töög dat Bettlaaken af. Un to Heidewig segg se: „Un du waschst Elisabeth den Buuk un de Been!" – Un Heidewig verjöög sik över son Ansinnen, dä aver denn, wat Geeschen ehr heeten.

Un keeneen fröög ehr, worüm se weer kommen. Se harr ehr Novizinnenkleed gliek, as se in de Butzendönz weer kommen un Elisabeth harr seeh'n, över een'n Stohl smeten. Nu nöhm se't, as se nix mehr doon bruuk, an sik un güng trügg naa ehr Klooster.

Un dor nu harr se wat to vertellen, wat keeneen wull glööven. Ok Jungfer Margret nich. As aver Heidewig ehr Novizinnenkleed op'n Disch legg, so as se't mitnahmen harr, to müssen se't glööven. Un dat Verwunnern weer groot un de Snackeree noch grötter. „Dat harr doch maal een marken müßt, dat dor wat in'n Busch sitt", segg Tirso Schevena bi'n Aabendeten.

„Bi so een Fettblaas", segg Christine, „dor süht doch keeneen, wo fast se opblaast is."

„De mit Traanen seit, föhrt mit Lachen in", segg Baltzer. Un se keeken em all an, un Christine segg: „Nu ward du blooß nich fromm! Is doch anners nich dien Aart, oder hest du dor wat an daan?"

Un se lachen all, un Jungfer Margret klopp op'n Disch un stüer de opkommen Lästerbries, müß aver sülven ok an een'n Lästersnack denken, den Schwester Agnes maal to Christoffer seggt harr: „Wat is dat mit di un Elisabeth", harr se seggt, „bringt ji nix togang? So rund un kugelig, dor kriggst woll nix in fast, wat?"

Un de Snack weer rümgah'n, un se weer'n all böös wän wegen son gottloos Woort – un dat von de Priorissa! – harr'n aver doch doröver lacht.

Baltzer Brandel müß datsülve dacht hebben. He segg: „Nu hett he doch wat fastkregen, un de Snackdüüvels hoolt dat Muul." – Un dat dän se denn ok.

Twee lange Daag hööl Heidewig dat ut; denn nöhm se ehr Novizinnenkleed un güng wär röver naa Snieder Hauschild. Un de möök ehr de Dör op un bröch ehr glik in de Butzendönz to Elisabeth un an de Weeg, de dor blangen ehr Bett stünn. „Jonathan schall he heeten", segg he. Un he vertell un vertell, wat de Jung nich allens kunn un dä. Un Elisabeth hör to, un Heidewig hör to, un Christoffer keek op sien'n Jung'n un snack mit em un mit sik un mit Elisabeth un keek von de Weeg nich weg – bit Elisabeth segg: „Nu fraag doch maal Heidewig, wat se dor ünner'n Arm hett!" Un wohrhaftig, Christoffer keek op un fröög. Un he nöhm dat Kleed, beföhl den Stoff un reet doran, un denn segg he: „Dat kann ik di woll maaken. Komm mit in de Sniederdönz!"

Un dor nu füng he an, de Läng un de Breed üm Schullern un Bost to meten un snack wär von sien'n Jung'n, de ganz un gaar anners weer as all de annern Kinner, de he bit nuto seeh'n.

So kreeg Heidewig ehr Novizinnenkleed. To de Beerdigung von Susanna Hauenschütz weer't trech. As se't anpaßt harr, un de Snieder weer tofree, behööl se dat gliek an. Un as se in de Blangendör stünn un in't Klooster trüggah'n wull, stünn dor, jüst ehr geegenöver in de Blangendör von'n Amtskroog, een Jungkerl. Den kenn se nich. Se segg em nickkopps een „Good'n Morgen!" to un güng mit fasten Foot un utmeten Schritt naa ehr Klooster hin. Un de Jungkerl keek ehr naa.

To de Beerdigung an'n Naamiddag leet Amtmann Hartmann anspannen. Tofoot gah'n schull dor keen bi Winterdag, un Jungfer Margret weer ok nich so goot tofoot mehr, dat s' den langen Weg naa't Oole Klooster hin un trügg ohn Noot kunn gah'n.

Helmer Viets, de Saatknecht, föhr den Waagen. He weer mit sien Been mallört un sprüng nu faakenins as Kutscher in. As Jungfer Margret un Heidewig un Tirso de Schevena un de Amtsschriever Samuel Franck opstegen weer'n, keem ok de nee'e Amtmann Johann Georg Hartmann. He kreeg Heidewig ehr Novizinnenkleed gliek to seeh'n. Un dat gefüll em gaar nich, dat weer to marken. He segg aver nix. Villicht wull he noch överleggen, wat dorto to seggen weer, villicht ok düch em de Oogenblick nich goot.

Dat weer een nattkoold Februardag. De Snee leeg dünn, un dünner noch hüng de Daak üm de Dannen un üm de naakten Twieg von de Bööken un Ries dor op den Richtweg dörch den Kloosterforst liek op de Bremer

Heerstraat naa Abbenhuusen to. Dat weer een Ümweg naa dat Oole Klooster hin. Den müssen se föhr'n; denn an de Poststraat naa Buxtu hin weer'n dree Daag tovör bi Störm fief oole Eeken umweiht un op de Straat daalslah'n. De weer'n dor noch nich weg. Un dorüm müssen se an't „Wille Swien" vörbi. Dat „Wille Swien", dat weer een Grootsteengraff, dat in'n Schummern utseehg as een övergroot Eber, de op de Straat to wull. Dat seehg ton Verjaagen ut. Un verjaagt harr dat Lüüd un Pär faaken noog – kunn een de Geschichten glööven, de se dorvon vertellen. Maalins, so wörr vertellt, harr dat een Pärd so verjaagt, dat't den Rieder ut den Sattel smeet – un dat Pärd weer dweer un dwars över Stock un Steen, dörch Heid un Holt bit naa dat Oole Klooster galoppiert. Un de Rieder weer in de Stiegbögel hingen bleven un …

Dat weer woll ganz so slimm nich worr'n un blooß von Lüüdsnack utmaalt, so as de annern Geschichten ok. Utdachte Gruusgeschichten vertellt sik ümmer goot. Von Jochen Thielen sien Mudder vertell keeneen, un de Geschicht weer wohr. – De Geschichte von den Rieder un dat „Wille Swien" harr sogaar Geschichte maakt. Wull dor een Pärd dörchgah'n, un de Rieder müß dat mit Gewalt an'n Tögel nehmen, heet dat: „He will in'n Swiensgalopp." De mehrsten wüssen al nich mehr, woher de Snack sien Ursaak harr.

För Heidewig weer't dat tweete Maal, dat se naa't Oole Klooster keem. Dat eerst Maal weer't een Sommerdag wän, twee Johr trügguut. To harr'n se Metta von Langenbek, de vörletzt Jungfer ut dat Oole Klooster, hin naa'n Karkhoff bröcht. Jungfer Margret un Susanna Hauenschütz weer'n, dormaals, as de Truergäst sik verloopen harr'n, noch lang bi'nanner bleven, un Jungfer Susanna weer sogaar noch mitgah'n bit naa't „Wille Swien." Un dor harr'n se sik daalsett un mit'nanner snackt. Wat se seggt harr'n, wüß Heidewig nich. Se harr sik op den Weg dorhin achter jüm hool'n un bi dat „Wille Swien" bikant sett un jüm vör Oogen hatt: De letzt Professa ut dat Oole Klooster un de letzt Professa ut dat Nee'e ...

Un se kunn sik goot besinnen, dat se miteens dor von de beiden Jungfern weg üm sik harr to keken un den Vaagel harr söcht, de dor rööp. Son Vaagelstimm harr se noch nich hört. Un Jungfer Margret harr ehr toroopen: „Dat is de Wachtelschnepp. Oda segg dor Vaagel Pickwerick to." – Un nu harr se dat eerst Maal dat Novizinnenkleed an, un Gott schull ehr dat naaseeh'n, dat se mehr an ehr Kleed dach as an Susanna Hauenschütz.

Mit dat „Wille Swien" harr dat doch woll wat op sik. De Pär leggen sik orig in't Geschirr, un Helmer Viets stemm sik mit beid Fööt geegen dat Waagenvörbrett un krüll de Finger üm dat strammtaagen Leit.

„Man keen Bang", segg Amtmann Hartmann to de beiden Jungfern hin, „de Pär freit sik, dat s' maal ut 'n Stall kommt un wat to doon kriegt. De Winter duert ümmer to lang."

Wat se nu bang weer'n oder wehlig, se draaven tögelgnarrsch op dat Oole Klooster to.

Dat Oole Klooster weer veel grötter as dat Nee'e. De Kark, de Reemter, de Krüüzgang un de Blangenhüüs, allens weer woll dreemaal so groot. Ok dat Dörp ümto weer grötter, leet aver, as wenn't nich recht togang kommen kunn. Jungfer Margret harr seggt: „'n Haaven hebbt se woll, aver keen Scheep, de dor noch anleggt. De Stadthaaven hett jüm de Hud' verarmt. De Scheep loopt all de Stadt an, un de Stadtwaatermöhl hett Vörrecht för dat Koorn, dat dor anbröcht ward; de Kloostermöhl kriggt ümmer weeniger to doon." De Stadt un dat Klooster keemen nich övereen. Stadtrecht un Kloosterrecht verdröögen sik nich. Dorüm hett de Stadt ok gliek den nee'en Glooven annahmen un hofft, dat Klooster, dat schull afschafft warr'n un dat Land ümto, wo Kloosterrecht op leeg, för jüm freegeven.

Dat weer man nich so kommen. De Schweden harr'n dat Seggen kregen un dat Kloosterland för sik behool'n un sogaar de Jungfern noch in't Klooster laaten. Un de Stadt harr dor keen'n Vördeel von.

Nu weer de letzt Professa doot – un dat Klooster mit ehr. Un Jungfer Margret dach: „Wat dor woll för een Opwand dreven ward to een Beerdigung, woto sik de Stadt un de Regierung in Staad to freit."

Un so weer't denn ok. Dat heet, to seeh'n weer dat nich. Se keemen all mit Truergesicht, de Lüüd von wiet her un dicht bi – von Hamborg, Staad un Lün'borg, een Domprobst gaar ut Bremen un twee ut Verden, veel Neeschiergäst von dor ünnen ut de Stadt op de Sandinsel in'n Moor mit dree Preester, de den nee'en Glooven preestern dän, un de Lüüd ut dat Dörp Ooldklooster, de al lang nix mehr mit dat Klooster to doon harr'n un in de Kloosterkark al över hunnert Johr de evangelische Predigt predigt kreegen.

Pater Bernhard Staudt les de Doodenmeß nich. He weer to krank un klapperig. He weer woll ok bi Gesundheit nich an de Reeg wän. Bi son Gelegenheit kriegt de höögern Preester dat Woort. Een Domprobst les de Doodenmeß. Un Susanna Hauenschütz wörr to Graff bröcht, wo all de Konventualinnen von dat Oole Klooster weer'n to Graff bröcht worr'n. Jungfer Margret müß blangen den Domprobsten achter den Sarg her gah'n un bit ton letzten Woortsegen blangen em stah'n. Un all, de ehr kenn'n un mehr noch, de ehr nich kenn'n, keeken op ehr an un nicken ehr to. Dat müß woll so wän. Dor harr se mit rekent. Dat güng vörbi. De annern Dag wüssen se't al nich mehr.

Heidewig hööl sik an Tirso un an den Amtsschriever. Dat se een Novizinnenkleed an harr, marken de mehrsten gaar nich; se wüssen al nich mehr, wat dat weer: een Novizin. Se dröög ok nich den witten Schleier, se dröög een grau Koppdook. Dat de Novizinnen den witten Schleier drägt un de Konventualinnen den swatten, wüß nich maal Heidewig. Jungfer Margret harr't ehr mit Bedacht nich seggt. De Kloosterlüüd in Neeklooster aver wüssen dat un tööven, wat nu warden schull. De nee'e Amtmann Johann Georg Hartmann ok. He seehg dat Vörspeel, un he ahn' dat Naaspeel: He müß dor wat an doon!

Dat weer wohrhaftigen Gotts een truurige Geschichte, de dor to End gah'n weer in dat Oole Klooster. In't Nee'e weer dat, as de Truergäst trügg weer'n, nich to marken. Jungfer Margret güng lichtern Foots as anner Tiet to de Complet un Heidewig noch lichter. Dat weer dat eerste Maal dat se een Novizinnenkleed in de Kark an harr. Se dach weenig an den Psalm, den se dor les, se dach an ehr Kleed. Un liekers Tirso un Baltzer al meist dree Johr un länger de beiden Jungfern dat Chorgebet harr'n beden hört, düch jüm diss Dag een Neeanfang. Christine ok. Se harr to all Tiet Heidewig, wenn se to Jungfer Margret in de Schoolstunn güng – un dat dä se ümmer noch – freegeven von de Huus- un Gaarnarbeit. Von dissen Dag an segg se Jungfer Heidewig to ehr.

Een rechte Truerfier wull't nich warden, dat Chorgebet in dat Nee'e Klooster naa de Beerdigung dor in dat Oole, liekers se all keemen, Jungfer Margret ton Troost. Snieder Hauschild keem – un dach an sien'n Jonathan, Hinnerk Richers, de Müller, keem – un dach an de Froo, de em den Huushalt maaken kunn un noch wat mehr, Daniel un Dora Hinck keemen, keeken un hör'n aver de mehrst Tiet op Jungfer Heidewig. Un mit jüm keem een, de eerst korthannig in uns Geschichte is kommen un von nu an mit dortohört: Caspar Raatjen, de nee'e Brooereegesell. Un blangen em seet de lütt Anna Hinck, de ehr Mudder annertiet nich von de Hand leet. Ditmaal seet se blangen Caspar. Amtmann Hartmann keem nich. He wull woll de beiden eegensinnig Jungfern nich hör'n, he wull dor eerstmaal över slaapen.

Pater Bernhard weer nich mit naa Neeklooster trüggkommen. He müß mit sien Karkenböversten ut Verden över dat Kloostergoot, dat noch de Kark tohör, raatslaagen. Wohin mit de Bibliothek nu, de Pater Reinbrecht naa Hamborg harr bringen wullt, wohin mit de Inventarien, de se in een evangelisch Kark nich bruuken dän? Dat geef so veel to denken un to doon, dat't een alleen nich raaken kunn, un Pater Bernhard seet dor alleen mit an – eerst recht as sien Karkenböversten wär afreist weer'n naa Bremen un naa Verden. Goode Raatsläg harr'n se em geven; aver woans he se dörchsetten schull un kunn geegen de Regierung in Staad un ok geegen de Stadt, dat harr'n se nich seggt.

In dat Oole Klooster harr he nich wohnen dröfft, as de evangelische Paster weer intaagen. De letzten Jungfern schull he von Neeklooster ut versorgen; nu schull he wär in't Oole Klooster blieven, bit, wat noch to doon weer, daan weer. Ohn' Hülp un Bistand seet he dorvör. Un he kunn't nich, un he wull't nich; he weer to krank, un de Arger möök em noch kranker un mootlooser. Dat wohr noch dree Maand, to legg he sik hin un stürv.

Un dat bröch Amtmann Hartmann nu eerst richtig in de Been. Nu weer't Tiet, ok in Neeklooster Gebet-ut to blaasen, denn weer de Arger mit Heidewig ehr Novizinnenkleed ok utstah'n. He harr den Magister Fexer ut Abbenhuusen al op ehr ansett un em von de Komedie vertellt, de de beiden Jungfern dor op Susanna Hauenschütz ehr Beerdigung harr'n opspeelt. Nu düch em dat nich mehr noot, dat jüm een in't Geweten snack. Een Klooster ohne Bichtvadder is keen Klooster mehr. De Saak weer loopen.

Dat weer se aver nich, se füng eerst an. Jüst harr'n se sik in't Klooster noog verjaagt, dat nu ok Pater Bernhard nich mehr weer un dörch den Amtsschriever Samuel Franck naa Verden Naaricht geven, dat nu een kommen müß, den Pater katholisch ünner de Eer to bringen, to stünn söß Daag laater Pater Martinus Metternich ut dat St. Gotthard Klooster in Hildesheim vör de Kloosterpoort un töög in Pater Bernhard sien Wohnung in.

Un de bröch Pater Bernhard Staudt blangen Schwester Agnes op den Kloosterkarkhoff katholisch ünner de Eer.

So wiet, so goot, dorto weer he dor. Aver he bleef. Un Jungfer Margret un de annern Kloosterlüüd düch dat nich mehr as Recht; den Amtmann Hartmann aver nich. He wull un wull dat Kloosterkapitel to End bringen, un de Regierung in Staad un dat Konsistorium dor wull'n dat ok. Un de Amtmann Hartmann schreef naa Staad, wat dor bi em vörgüng, un de Regierung schreef trügg, de nee'e Pater schull keen Wohnrecht kriegen un wär afreisen naa Hildesheim, un de Amtmann segg em dat.

Pater Martinus aver weer een kathoolschen Luther, blooß nich so dick. He segg: „Hier bün ik, un hier blief ik."

Un Amtmann Hartmann segg: „Du reist wär af!"

Un Pater Metternich segg: „Dat doo ik nich."

To sett Jungfer Margret sik hin un schreef 'n Breef an de Regierung in Staad. Un disse Breef is naableven un Woort för Woort naatolesen:

„Ew. Excellenz kann ich Endesbenannte auß allen meinen geistlichen Mitschwestern eintzige und allein noch übrige, doch alterswegen auch schier abgelebte Conventualinne zum Neuen Closter in schuldigster unterthänigkeit flehentlich vorzutragen nicht umbhin sein, waßgestalt in erfahrung kommen, daß anjetzo nach Ableben unseres gewesenen Confessorii P. Bernardi Staut Sehl. kein Ander in Nießung jährlicher Alimentation succediern undt um meiner eintzigen Person alleine in loco unterhalten, sondern dan undt wan zu gewißen Zeiten, oder in etwa zufallenden Krankheiten auf Begehren ein frembder anderswohero berufen werden solte. Für welchen gnädigen Willen und Vorsorge zwar dan auch in schuldigster devotion zu danken Ursach habe; weilen aber allsolches für meine arme Seel wie leichthin zu erachten, viel zu gefährlich und unsicher sein wirdt, absonderlich in plötzlichen Zufällen undt Krankheiten, denen da ein 75zigjähres Alter gemeinlich unterworfen ist. So falle Ew. Excellenz undt Herrl. in tiefster Demut hie-

mit zu Füßen, auf mein hohes Alter undt geistliche Nothdurft in diesem Falle ein gnädiges Auge undt reflexion zu werfen, undt einen Confessorium zum wenigsten ad paucos dies residue vitae meae nicht allein zu permittieren, sondern auch mit dem gewöhnlichen Salario mildtgütig zu versehen höchstgnägig geruhen wolle, damit ich also arme Alte und sonst trostlose Conventualinne nicht ursache haben möge, die letzten Tage meines Lebens in höchster Bekümmer- und Betrübniß meiner Seele zu endigen, sondern mit freudigen un wohlvergnügten Gemüthe (wie dan ohne dem meine Pflicht und Schuldigkeit ist) für glückliche undt lange Regierung meines Allergnädigsten und Glorwürdigsten Königs und Heyl des gantzen lieben Vaterlands Gott den Allmächtigen unabläßlich biß zum letzten Athem zu bitten.
Welcher gäntzlich Zuversicht dan lebe.

Ev. Excellenz untertänigste Dienerin
v. Margareta Jansen
ultima professa zum New-Closter

So harr Jungfer Margret den Breef natürlich nich opsett. Se kunn gaar keen Luther-Düütsch. Se harr ehr'n Text Samuel Franck, den Amtsschriever, vörleggt, un de harr em in Amtsspraak bröcht. Un he harr dat achter den Puckel von Amtmann Hartmann daan. Ton eersten dorüm, dat he em nich müch, de weer em to amtlich, ton tweeten dorüm, dat em dat nich mehr as Recht düch, dat Jungfer Margret un de annern Kloosterlüüd schullen versorgt warr'n, as se ümmer weer'n versorgt worr'n, un ton drütten weer he länger in't Amt as de Amtmann, un ton veerten möök em de Amtsspraak Spaaß. „Ik bün son

Aart Koopmann", harr he maal seggt, „Lüüd, de Honnig an'n Baart willt, kriegt em."

Se harr'n beid lacht, Jungfer Margret un he, as de Breef fertig weer. „Dat is nu de nee'e Spraak", segg Samuel, „de geiht op Holtbeen, fallt över de eegen Fööt un meent, se flüggt. Disse nu geiht nich maal op Holtbeen, de geiht op Bohnenstaaken."

In't Klooster harr'n se de nee'e Spraak nich rinlaaten, dor harr Schwester Agnes för sorgt. Dor süngen un beden se latiensch oder sassisch. Annerswat verstünn ok keen. De Breef wörr afschickt an'n 18. Mai un woll ok ankommen. Antwoort kreeg Jungfer Margret nich. In'n Juli schreef se noch maal; een Antwoort keem nich. Eerst in'n August kreeg Amtmann Hartmann een. Se schreeven em, dat, solang dor noch een Konventualin weer, de Regierung dat doch goot düch, dat se mit all, wat noot weer, schull versorgt warr'n. Dat weer liekveel, wat dor nu twee oder dree oder man blooß een Konventualin weer, *„zumalen man sonst besorgen müßte, daß auf deretwegen von besagter Conventualin etwaiges quaerulieren darauf Weitläufigkeit und Verantwortung entstehen möchte."*

Wat dat nu heeten schull, verstünn nich maal de Amtmann; aver he ahn', wat dor weer meent. De Wind harr sik dreiht, un also dreih he sik mit. He föhl sik ton Narren hool'n von jüst de Lüüd, de em harr'n Opdrag geven, dat Klooster so gau as't güng to liquidieren. Em weer nu ok dat Novizinnenkleed egaal, he weer aver deswegen al den Magister Fexer in Abbenhuusen angah'n, un de weer gliek de Wek naa Susanna Hauenschütz ehr Beerdigung naa Neeklooster kommen un harr Heidewig naasöcht.

„Wo geiht't di, Heidewig", fröög he. Un se segg: „Goot."

Se ahn', wat sien Kommen för Ursaak harr un fröög liekut:

„Wo steiht mi dat Novizinnenkleed?"

„Goot", segg Paster Fexer. „Dat is aver man nich een Kleed, dat goot oder slecht steiht, dat meent ok wat."

„Ja", segg Heidewig, „dorüm heff ik dat an."

„Hett Jungfer Margret di dat opsnackt?"

„Nee, dat heff ik mi sülven opsnackt."

„Wo wiet büst d' mit Latien? Geihst d' noch bi Jungfer Margret in de School?"

„Doo ik, elkeen'n Dag twee Stunn'n. Dor lest wi de Psalmen, de wi den annern Dag bedt. Aver ümmer noch sünd dor Wöör, de ik nich verstah."

„Dat geiht mi ok so", segg Magister Fexer, „un ik bün Magister."

Un denn vertell he ehr von ehr Mudder un von ehr Schwester.

Von Lüüd in't Armenhuus gifft't aver weenig to vertellen, de hebbt keen Geschichte, oder se hebbt, so as Heidewig ehr Mudder, jüm ehr Geschichte hatt. Se güng op Daglohn, wenn ehr een bruuken dä, se bruuken ehr aver man weenig. Ehr Schwester weer nu ok so wiet, dat se in Deenst kunn gah'n. Se harr ok al 'n Platz funnen, harr dat aver nich goot draapen. Dat aver segg Paster Fexer nich. He segg: „Du schullst dien Mudder maal besööken!"

„Ja", segg Heidewig, „dat will ik doon."

„Ik mutt noch maal bi Daniel rinkieken", segg Magister Fexer denn, „gah mit, dat duert nich lang, un denn bringst d' mi noch 'n Stück trügg naa Abbenhuusen."

Dat weer nu Heidewig so recht nich mit, mit ehr Novizinnenkleed in'n Kroog to gah'n. Se müch't Magister Fexer aver ok nich afslah'n. Un de Magister mark dat woll, dat't ehr een Angah'n weer un wull't ehr ok nich naalaaten.

In'n Amtskroog seet nu Amtmann Hartmann un keek groot op, as he de beiden kommen seehg.

„Dat is man goot, dat ik di draap", segg Paster Fexer.

Un de Amtmann segg: „Wat doran goot is, mutt sik noch eerst wiesen. Du wullt mi doch nich seggen, du harrst de Deern dat Kleed opsnackt!"

„Nee, dat wull ik nich, worüm ok schull ik't doon, un wenn ik't daan harr, worüm schull ik't seggen?"

Un Heidewig weer schier verlegen un wull, se weer eerst gaar nich mitgah'n in den Kroog. Se sett sik achterto un wüß nich, wo mit de Oogen blieven. As Daniel-Krööger dat seehg, hol he sien lütt Anna in de Gaststuuv un sett ehr blangen Heidewig. Un Heidewig harr nu to doon, de Kinnerfraagen antohör'n.

Paster Fexer keem glik to Saak. „Wat ward mit Tirso, wat mit Baltzer un Christine, wenn hier bi uns de letzte Kloosterstunn hett slah'n?" fröög he den Amtmann.

„Dat mutt de Regierung seggen, wat dormit warden schall."

„Beter is, wi doot dor sülven wat an", segg Paster Fexer.

Un denn snack he mit Daniel över de Armenkass, de he harr inricht un Daniel in Verwaltung geven, un he stött den Amtmann an, dor ok wat mehr noch bitostüern, nu, wo jüm doch vör Oogen stünn, wo gau dat noot warr'n kunn.

„Dat Klooster ward versorgt, solang ik Order dorto heff", segg Amtmann Hartmann.

Dat güng noch hin un her, un Heidewig hör mit dat een Ohr hin naa de dree Mannslüüd un mit dat anner naa Anna ehr Rötermöhl, un se frei sik, as Paster Fexer opstünn un ehr towink, mittogah'n. So ungoot as in'n Kroog harr se sik in ehr Novizinnenkleed noch nich föhlt.

„Dien Novizinnenkleed paßt denn eerst", segg Magister Fexer, „wenn du't in'n Kroog un op den Markt jüstso geern an hest as in de Kark."

Wat he anners noch seggt hett, weet ik nich. Man een Deel geef he ehr von sik to weten: „Wenn doch de oole Amtmann Johann Bärgs noch dor weer", segg he, „un Pater Reinbrecht!" Un Heidewig bleef stah'n un keek em an. Seggen dä se nix.

Un Paster Fexer segg: „So, nu gah trügg un wohr dien Kleed. Dat steiht di goot."

Op den Trüggweg naa dat Klooster nu bemött ehr een, de ehr lang al naakeken harr, se aver noch nich em. He seet an'n Paterborn, as harr he op ehr tööft, un dat harr he ok.

„Dag, Jungfer Heidewig!" segg he.

„Good'n Dag!" segg Heidewig. „Wokeen büst du?"

„Ik bün Caspar Raatjen, de nee'e Gesell in de Brooeree."

„Un woher kummst du?"

„Ik komm ut Staad."

„Hest du mi oppaßt?"

„Ja, dat heff ik."

„Un worüm?"

„Eenfach so."

„Wat meent eenfach so?"

„Ik heff di in de Kark seeh'n. Büst du ok een Kloosterjungfer?"

„Wokeen ik bün, weeßt du doch lang. Du hest di doch bi Dora un bi Daniel lang al Utkunft holt."

„Ik wull't aver geern von di weten."

„Wat dünkt di denn?"

„Dat Kleed steiht di goot."

„Dat meen ik ok. Un ik heff't geern an. Un nu mutt ik hin naa't Klooster un mit Jungfer Margret de Vesper beden."

„Kann ik bit naa de Brooeree mitgah'n?"

„Ja."

„Wat maakt ji dor in't Klooster?"

„Ik gah naa School, un ik hülp in de Kök un in'n Gaarn. Ik les un neih un stick, un ik snack mit Jungfer Margret."

„Wat is dat för een Froo?"

„Dat is een Froo mit reine Oogen un een klaar Gesicht."

„Is de richtig fromm?"

„Ja, dat is se."

„Wolang is se al in't Klooster?"

„Dit Johr graad sößtig Johr."

„So lang? - Un worüm?"

„Dat mußt du ehr sülven fraagen. Dat heff ik noch nich fraagt. Un dat fraag ik ok nich."

„Wullt du dor ok so lang blieven?"

„Wenn ik't kunn, dä ik't villicht."

„Un worüm?"

„Dat gefallt mi."

„Is dat een Leven – so alleen un insparrt?"

„Ik bün nich alleen, un ik bün nich insparrt. Un dor

is Leven mit Hand un Kopp. – Un du, wullt du ümmer Gesell in de Brooeree blieven?"

„Nee, ik will Meister warden."

„Un worüm?"

„Worüm? – Worüm will een wat warden? – Wi hebbt to Huus ok 'n Brooeree."

„Un wolang wullt du hier bi uns blieven?"

„Solang ik wat tolehr."

URANIA

De Himmel hett sien Aart un hett sien Unaart, wenn't üm de Witterung geiht. Maal schickt he Regen, maal schickt he Sünn. Dat kummt de Planten, dat Veeh un de Minschen to goot – wenn't Aart hett, hett't aver keen Aart, kommt se in Noot.

An'n 17. Oktober 1700, as de Lüüd in Neeklooster meenen, se harr'n noog Opregens hatt för dit Johr wegen Susanna Hauenschütz un Pater Bernhard un ok wegen Pater Metternich, geef dat 'n Störmfloot an de Elv.

De Noordsee is een Tidesee, de Waaterkant een Tideland. Tide meent den Wessel twüschen oploopen un afloopen Waater, tweemaal den Dag. Un dat hett mit de Sünn un mit den Maand to doon – un mit de Eer, de sik üm sik sülven dreiht.

Dat maakt, dat de Waater in de Grootsee bituur'n antaagen ward un oploopt – un wär trüggloopt, wenn de Eerd sik wiet noog rümdreiht hett un Sünn un Maand an anner Stä de Waater anteeht.

Löppt nu dat Waater in de Grootsee twüschen England un Frankriek op, un de Südwestwind sitt dorachter, löppt de Noordsee övermaaten vull – un sleiht de Wind denn üm un dreiht op Noordwest un ward noch gaar ton Störm, kriggt dat angrenzen Land de Noot.

„Dat hett sik wat mit den Noordweststörm hier bi uns twüschen Werser un Elv", segg Jungfer Margret, „wi liggt in een Winkeleck un kriegt dat Flootwaater duppelt hooch. De Elv un de Werser loopt vull, un de Dieken möt den Stau afhool'n. De mehrst Tiet doot se dat ok."

Nu aver harr't von September an regent un regent, un de Graavens un Wettern weer'n vull, un dat Müüs- un

Röttenvolk, dat den ganzen Sommer al een Plaag weer wän, iel op de Dieken to un wöhl se dörch un dörch. To keem dat, as dat kommen müß. De Dieken brööken twüschen Bossel un Cranz. Bit Laadcoop stünn dat Waater annerhalv Foot hooch. Un dor weer'n denn in Bossel un ok noch in Jörk Minschen un Veeh to Schaaden kommen. Dat weer nich so slimm as 1685, aver doch slimm noog. De Lüüd, de't draapen harr, müssen ünnerbröcht warr'n. Un dat Klooster nööhm op, wat annerswo nich ünnerkommen kunn. Dor weer'n denn nu de Klausur-Kaamern, wo de Jungfern harr'n wohnt, all beleggt, faakenins mit dree-veer Lüüd.

De Kök harr düchtig to doon un Christine mehr Hülp as noödig. Tirso harr Tohörer bi sien Orgelspeel un Baltzer wat to düüvelspreestern: „De Herr över Regen un Wind hett sien Leev mit Waater utgaaten över all, wat in Freden leven will", segg he. Un Pater Metternich, de 't hören schull, hör dat ok, un he geef gnarrsch trügg: „Gott weet, wat he deit, ok wenn du dat nich versteihst." – „Gewiß doch", segg Baltzer, „he wüß ok, worüm he Jochen Thielen sien Mudder den Kopp afhau'n leet. Dat verstah ik ok nich. Segg du mi't!"

Pater Metternich wull dorgeegen gah'n, dä't aver nich. He wüß, wat dat mit Jochen-Scheeper un sien Mudder op sik harr, he harr dat gliek den eersten Dag to weten kregen.

Op den Anweg op dat Klooster to, noch vör dat Dörp, weer em een in de Mööt kommen un vör em stah'n bleven un harr em so dörchsteken ankeken, dat he dor schier an't Wegloopen harr dacht. He harr't aver nich daan, un de Kerl weer achter em hergah'n – bit vör de Kloosterpoort.

Un denn harr he't vergeten. Dree Dag laater aver – he weer laat an'n Dag von dat Oole Klooster kommen, wo he wegen de Beerdigung von Pater Bernhard un wegen de Kloosteroplöösung harr to doon hatt – to weer Jochen Thielen em an'n Ilsdiek noch maal angah'n, un he weer wohrhaftig wegloopen.

In't Klooster harr'n se em denn vertellt, wokeen em ut de Puust bröcht harr un em dor an den Kraagen wull un worüm. To weer denn Pater Metternich naa Jochen Thielen gah'n un harr mit em snackt. Von de Tiet an güng Jochen-Scheeper em nich mehr an.

Nu segg he to Baltzer: „Dat du di över Jochen Thielen Gedanken maakst, is goot, dat doo ik ok, aver beter is, wi kümmert uns eerstmaal üm de Lüüd hier un leggt Hand an." Un dat gefüll Baltzer, un he leet Pater Metternich in Free – bit to een anner Gelegenheit. He harr ok noog to doon, de Kloosterpoort op- un totosluuten. Een Ruut-un-rin to elker Tiet leet he bi de unverhofften Kloostergäst nich to. De hier wohnt oder wohnen will, mutt weten, dat he in een Klooster wohnt, segg he to elk un een'n, de meen, he kunn gah'n un kommen, wann he wull.

Dat duer sien Tiet, denn lööp dat Waater ok wär af, un de sien Huus noch stah'n harr, güng trügg un bröch dat wär in Reeg, un de dat nich mehr stah'n harr un annerwärts keen Ünnerkommen wüß, bleef bit ton Frööhjohr.

So weer't ümmer wän. Den gröttsten Toloop harr'n se 1685 hatt – to Schwester Agnes ehr Tiet. Un de harr dat Klooster wiet opmaakt. So kruushaarig se to ehr Kloosterlüüd weer, so glatthaarig weer se to Lüüd, de von buuten keemen un Hülp bruuken. Un se frei sik ok, dat denn de Kark vull weer un se vör so veel Tohörer singen kunn. Un ehr Singen harr elkmaal Wunner daan. Maalins wörr ehr tobröcht, een Froo ut Jörk harr seggt, se harr een'n Engel singen hört. To harr Schwester Agnes seggt: „Dat Slatterwief freit sik doch man, dat's 'n vullen Putt op'n Disch hett un 'n dröögen Mors in'n Bett."

Twölf Johr dornaa, an'n 20. September 1697, weer't nich ganz so leeg. Dor weer de Hauptfloot in de Werser loopen un harr dor Land un Lüüd ton Swümmen bröcht. An'n Jadebusen, so wörr vertellt, harr se 'n veer Morgen groot Moorstück loosreten un afdreven un anner Siet de Werser afsett. Un Huus un Gaarn dorop weer'n heel bleven un de Lüüd ok.

Aver wat de Lüüd vertellt, dor kann een jüst so weenig op af as op dat, wat se opschrieft. Een Störmfloot bringt ümmer mehr optaakelt Geschichten ünner de Lüüd as Land ünner Waater.

1697 harr'n se ok Toloop hatt – wenn ok nich so veel as ditmaal. Un Schwester Agnes weer nich mehr dor. Un Tirso sien Orgelspeel harr ok man weenig Troost geven. Aver dormaals al un ditmaal noch mehr wüß Jungfer Heidewig Raat. Se hööl mit de Kinner, de mit jüm ehr Öllern in't Klooster Nootquartier harr'n kregen, Schoolstunnen af. Se bröch jüm an't Maalen, Lesen un Schrieven, so as Jungfer Margret ehr doran bröcht harr; un se dä dat mit so veel Andacht un Spaaß, dat s' nahstens, as de Lüüd naa un naa ut dat Klooster uttöögen, schier beduer, dat s' nich noch blieven müssen.

Von de Tiet an, nich eerst mit ehr Novizinnenkleed, weer Heidewig een Klooster-Jungfer worden. Un nu, naa veer Johr, geef Jungfer Margret de Schoolstunnen mit ehr op. Se kunn ehr so un so nich veel mehr tobringen.

De Chorgebete harr'n se all al dree- un veermaal bedt.
So beden un süngen se denn to elker Tiet, de Baltzer anslöög, de Laudes, de Middagshora, de Vesper un de Complet. Un Pater Metternich seet in de Karkenbank vör den Chor, so as Pater Bernhard un – wenn he dor weer – Pater Reinbrecht dor seten harr'n, so lang Schwester Agnes noch dor weer. In een Frooenklooster hört bi't Chorgebet keen Mannsminsch in den Chor, ok keen Pater. As aver Schwester Agnes storven weer un Jungfer Margret blooß noch dor, to müß een von de Patres inspringen.

„Een Professa alleen kann keen Chorgebet beden", harr Jungfer Margret to Heidewig seggt, „dat Chorgebet is een Gebet mit'nanner för eenanner, dat is keen Gebet för sik. Wenn de Lutherschen fraagt, woans krieg *ik* 'n Gott, de *mi* goot to is, fraagt wi: Woans kriegt wi een'n Gott, de *uns* goot to is. Un meent sünd de Lüüd buuten un binnen dat Klooster. Dat Ganze mutt för dat Ganze stah'n. Un een Klooster steiht för dat Ganze; dat is een utgrenzt Lütt-Welt, jüst so toformt as de Groot-Welt. Hier möt sik kruuse un glatte Gedanken sammeln un to schier un klaar Quellwaater warden, dat denn utdeelt ward an all, de döstig dornaa sünd, binnen un buuten dat Klooster."

Jungfer Heidewig ahn dat mehr, as dat se't verstünn. Un wenn ehr een fraagt harr, wat dat meent, harr se't woll nich to seggen wüßt. Wat een'n op mehrst naageiht, weet een op weenigst to seggen.

Meist elkeen'n Aabend nu, to de Vesper, seet Caspar Raatjen in de Karkenbank un hör Jungfer Margret un Jungfer Heidewig bi't Chorgebet to. Un he verstünn keen Woort. Un faakenins seet Dora Hinck ehr Anna-Dochter blangen em. De weer dat Mudderhandhool'n woll leed un söch ümmer Gelegenheit, buuten Huus to kommen. Un Jungfer Heidewig kreeg sik dorbi faat, dat se von'n Chorstohl Utkiek hööl, wat he woll dor weer oder nich, un Jungfer Margret mark dat. Un as he maalins to de Complet an'n Aabend ok noch keem, fröög Jungfer Margret, as se ut de Kark ruut weer'n, Jungfer Heidewig: „Wat is dat för een Jungkerl, de dor meist elkeen Aabend mit Anna blangen Baltzer sitt?"

„Dat is de nee'e Gesell bi Daniel in de Brooeree."

„Un woher kennst du em?"

„He hett mi maal opluert an'n Paterborn, as ik mit Magister Fexer 'n Törn lang mitgah'n schull."

„De Jungkerl gefallt mi", segg Jungfer Margret, „de hett een klaar Gesicht."

„He hett mi fraagt, worüm ik hier in't Klooster bün."

„Un wat hest du seggt?"

„Mi gefallt dat, heff ik seggt."

„Kunn di sien klaar Gesicht nich ok gefall'n?"

„Doch, dat gefallt mi ok."

„Du büst nu twintig Johr, un dat Klooster is bald nich mehr. – Kunn di't nich ok gefall'n, bi em to wän?"

To keek Heidewig verjaagt un düüster op un segg: „Ik bün nich as mien Mudder."

Un nu verjöög Jungfer Margret sik un segg: „Woans dien Mudder is, dat weeßt du nich. Dat weet nich maal se sülven. Du schullst ehr maal besööken."

„Dat heff ik Magister Fexer al toseggt", segg Heidewig. To böög denn Jungfer Margret op anner Straat un segg: „Kiek ins den Steern dor an! Kennst du em?"

Un Heidewig keek in den jungen Aabendhimmel, seehg Steern dor blangen Steern, kunn aver von den Fingerwies nich weten, wokeen dorvon meent weer.

„Dat is de Noordsteern", segg Jungfer Margret, „üm den dreiht sik de Heven. De blifft ümmer an een Stä – de annern nich, de gaht een Johr lang eenmaal üm em to. – Wenn du elk Aabend, so as ik, ut dien Klausur-Kaamerfinster kieckst, sühst du dat. De Steerns bewegt sik, se staht in'n Sommer anners as in'n Winter to den Noordsteern utricht; aver geegeneenanner blieft se gliek."

„Un wokeen is de Noordsteern? Ik seeh em nich."

„Sühst du de veer hellen Steerns dor, de utseeht as een Kassen? Un dor naa links ünnen to dree Steerns? Seeht de to den Kassen nich ut as een anbraaken Diessel? Dat is de groote Waagen."

„Ja, dat seeh ik."

„Un nu gah dat Achterschott dree-veermaal hooch: De helle Steern dor, dat is de Noordsteern. Sühst du em? – Un de nu is de Diesselspitz von den lütten Waagen. Gah maal von de Diesselspitz schreeg rünner naa links, dennso sühst du noch maal 'n Kassen, blooß nich so groot."

„Ja, den seeh ik."

„So, un nu ward't swaarer: Twüschen de beiden Waagens sünd ok Steerns. De paßt nich so goot to een Bild tohoop. Aver kiek maal op dat lütt Dreeeck dor links. Dat is de Kopp von een Slang'n. Un dat Lief – gah ümmer de hellen Steerns naa! – dat Lief wiest eerst naa baaben hin un böögt denn in'n Baagen af naa ünnen un leggt sik noch maal in'n Baagen üm den lütten Waagen. – Maakt nix, wenn du't nich gliek sühst! – Un nu hör to! Margareta Visselhövede, uns eerst Domina, hett seggt, wat dor naa'n Kassenwaagen utsüht, dat is keen Waagen, dat is een Bär. De groote Waagen is een Bärenfroo un de lütte Waagen dat Kind. Un twüschen Mudder un

Kind leggt sik de Slang'n – dat is de Düüvel. Un wieter af dor, de veelen Steerns üm noch een anner Veereck, dat is de Hillige St. Georg, de haut opletzt de Slang'n den Kopp af. Un de Hillige Margareta von Antiochien, de hülpt em dorbi mit ehr'n Krüüzstock. So hett Margareta Visselhövede faaken to mi seggt, dor schull ik över naadenken. Un dat heff ik daan, Nacht för Nacht, wenn de Himmel wulken- un daakfree weer. Ik heff de Steerns ankeken un an mien Mudder dacht. Worüm is se nich trüggkommen, worüm hett se mi alleen laaten? Wat för'n Slang'n hett sik twüschen uns leggt? Wann kummt de Hillige St. Georg un haut ehr den Kopp af? Ik stah alltiet mit mien'n Krüüzstock praat.

Över mien Mudder heff ik mi veel Geschichten utdacht; aver utdachte Geschichten sünd von de Wohrheit jüst so wiet weg as dat, wat een to hören un to seeh'n kriggt."

Dat weer nu mehr as een mit een'n Sluck drinken kann, un Jungfer Heidewig wüß nich, woans ehr de Sluck, den Jungfer Margret ehr dor harr to drinken geven, smecken schull. Un Jungfer Margret wull't ehr nich seggen. Se segg: „Dor ward veel snackt, wenn de Dag lang is, un an'n Aabend gaht se all naa Bett un hoolt den Mund. Un dat laat uns nu ok doon. Morgen süht de Welt wär ut as ümmer."

Aver dat dä se nich. Pater Reinbrecht weer kommen. He harr de Naaricht, dat Pater Bernhard storven weer, nu eerst kregen. – He weer, as he von Neeklooster weggüng, naa Köln in sien Klooster roopen worr'n. Von dor denn harr'n se em för twee Johr naa Rom op de Jesuitenhoochschool schickt, un as he trügg weer, harr'n se em ton Lehrmeister för Studenten maakt an de Hoochschool in Paderborn, wo he ok maal studiert harr. Nu schull he in Bremen-Verden naa de Klööster kieken, de noch katholisch weer'n, un dat weer blooß noch dat Nee'e Klooster bi Buxtu.

Un he seehg un hör, dat't dor noch jüst so weer as vördem un Pater Metternich mehr bi de Saak as Pater Bernhard. Un he leet sik vertellen, un he vertell sülven un he fröög gliek naa den Magister Fexer. Mit em harr he sien eegen Geschichte. De Kloosterlüüd un ok Jungfer Margret kennen de nich, schoonst se dorbi weer'n, as se anfüng.

Gliek naa sien Studium weer he utschickt worr'n, Mission to drieven in dat oole Stiftsland Bremen-Verden, wo de Schweden dat Seggen harr'n. He schull de dree Benediktinerinnenklöster, de dor noch weer'n, to sien'n Standplatz maaken. Un he seehg sik de dree Klööster an, Zeven, Ooldklooster un Neeklooster, un he bleef in Neeklooster. Dat weer woll dat lüttst un dat armst; aver von binnen to op best in de Reeg. Un he güng sien Missionsarbeit forsch an, leet sik de eerst Tiet ok nich verdreeten, dat he dor buuten dat Klooster keen Been op de Eerd kreeg un de Magister Fexer in Abbenhuusen em dor Knüppel twüschen de Been smeet, wo he man kunn – bit to den Dag, as de Welt för jüm beid een anner Gesicht kreeg.

An een'n Frostdag in'n März passier dat. Dora Hinck ehr beiden Jungs verdrünken in de Veehdränk twüschen dat Vörwark un de Brooeree. Helmer Viets fünn jüm un töög jüm ünner't Is ruut. Un he müch nich naa Dora un Daniel gah'n, he lööp in't Klooster un hol Pater Reinbrecht, un de müch't Dora un Daniel ok nich seggen. Aver he müß dat, un he dä't, un he fünn keen Spraak dorto, he fünn blooß Traanen.

Un denn güng he naa Abbenhuusen un segg Magister Fexer Bescheed. Un de güng gliek mit em trügg naa Neeklooster. Ünnerwegens sän se keen Woort, den ganzen Weg nich. Un as se vör dat Truerhuus stünnen, harr'n se sik tohoopswegen. „Gah mit rin", segg Magister Fexer, „laat mi nich alleen!"

Wat se to hör'n un to seeh'n kreegen, hett keen Spraak. Dat weer so ut de Reeg, dat't Wöör nich richten künnt. „Goot, dat ik de Beerdigung nich maaken bruuk", segg Pater Reinbrecht, as se wär buutenhuus weer'n. „Gott stah di bi!" – „Stah du mi leever bi", segg Magister Fexer, „Gott harr beter de beiden Jungs bistah'n."

Dat weer denn een Beerdigung, as dat Dörp se noch nich seeh'n harr. In't Karkenbook steiht dorvon so:

„Zwei Söhne, so auf dem Eise in auf dem Hof gelegenen Drinae – Dominica invocavit – elendig ertrunken, davon der Älteste hieß Johann Jürgen, der Jüngere Jochen Christopher. Auf einmal in Versammlung großer Menge Volks beerdigt."

Von Magister Fexer sien Truerpredigt steiht dor nix. De se aver hört hebbt, hebbt se nich vergeten.

„De hier een Troostwoort seggen kann", so füng he an, „de schall dat doon. Ik kann't nich. Ik kann blooß klaagen un mit Hiob utroopen: Wat heff ik daan, dat mi sowat tostööt? För de beiden Jungen un för jüm ehr Öllern klaag un fraag ik: Wat hebbt Johann Jürgen un Jochen Christopher daan, dat se so dorhin müssen? Wat hebbt Dora un Daniel daan, dat dor so een Weehnoot över jüm müß kommen?

De dat Leven geven hett, seggt Hiob, de kann't ok nehmen, dat is sien Recht. He is de Herr. – He hett uns nich fraagt, wat wi kommen wullen, un he fraagt uns nich, wann wi gah'n willt. He is de Herr. De nich mit Dank annimmt, wat em is geven, de hett ok nix to klaagen, wenn't em nahmen ward. Wi hebbt mit Dank annahmen, wat uns geven is. Dorüm klaagt wi mit Dora un mit Daniel: Worüm denn kunnen Johann Jürgen un Jochen Christopher nich so oold eerst warden, dat se dor mööd un levenssatt kunnen seggen: Mien Tiet is üm. Vergeef mi, Gott, wat ik heff unrecht dacht un daan. Nehm de Schuld, de den Dood verdeent, von mi!

Wat is denn dat för'n Klookheit, de dor meent: De Schuld ton Dood, de stickt von Adam her al in uns – wenn doch uns Herr un Heiland se hett op sik nahmen. Gilt denn sien Starven nix, un mutt dor elk un een desülve Schuld noch maal betahl'n?

Acht Gott den eegen Söhn so minn, dat he sien Starven för een Schauspeel hult, dat elk un een em naaspeel'n schall?

Wat is dat för een Schauspeel dor op Golgatha un hier in ieskoold Waater? Wokeen denn will un mag dat seeh'n un hör'n?

Ik bün dien Anwalt nich, du groote Gott. De Macht hett över elk un een'n, de bruukt mi nich, dat weet ik woll. Un doch heff ik ut free' en Will'n mi in dien'n Deenst hier stellt. Ik bün dörch Dööp un Sakrament dien Söhn un fraag mit Dora un mit Daniel: Worüm deist du uns an, dat wi in Weehnoot schier vergaht?

Ik kann nich tröösten, ik will klaagen: Worüm deist du uns sowat an? Geef Antwoort, Gott, un ik will swiegen! Amen."

Dat weer nu een Predigt, de Pater Reinbrecht de Spraak verslöög un anner Tohörer ok. Se keeken von Dora un von Daniel weg op den Magister Fexer, un se harr'n Bang, de Himmel kunn sik opdoon un een Blitz den Magister daalslah'n. De Himmel dä sik aver nich op. Un de Magister Fexer bröch sien Liturgie to End as vörschreven.

Dora un Daniel, de sien Predigt doch op meist angüng, harr'n se gaar nich hört, se höölen een den annern fast inhaakt, un Dora kreeg de anner Hand nich von't Gesicht. Bi de Tohörer aver droögen de Traanen mit elk Woort mehr, dat de Paster von Abbenhuusen dor segg, un de, de nich jüst op den Blitz von'n Himmel tööven, de tööven op den Oogenblick, wo de Magister den Talar uttöög un em sien'n Herrgott vör de Fööt legg.

„Son Predigt schickt sik nich", harr Schwester Agnes nahstens seggt. „He hett mehr von sik snackt as von Dora un Daniel. De keen Troostwoort to seggen weet, schall nich predigen." Un Baltzer düch dat ok.

Von de Tiet an harr Pater Reinbrecht 'n Fründ un de Magister Fexer ok. Een seehg de beiden faaken mit- 'nanner gah'n un stah'n, un de Lüüd in'n Dörp un in'n Klooster sän: „De willt de beiden Karken wär tohoopsnacken."

Un dor harr'n se recht mit, schoonst se dat gar nich weten kunnen. Wat se wüssen, weer, dat Pater Reinbrecht ok maal een Predigt harr hool'n, de se nich vergeten harr'n.

Dat weer to sien eerst Tiet hier in Neeklooster, as he noch geegen de Evangelischen anlööp un, wo he kunn, jüm de Leviten les. De best Gelegenheit dorto harr em de oole Klosterkoch geven, de vör Christine in de Kök regier un egaalweg mit Schwester Agnes in Striet leeg. He weer een Dickbuuk as man een un sett sien Kostgänger op Maagerkost.

„Son Fettsack", harr Schwester Agnes to em seggt, „dor süht een doch gliek, wonehm de Botter blifft!"

To harr he jüm dat Eten so verbottert, dat jüm dor schier de Hals von afrött, un dat harr Opstand geven geegen em. Un he harr sik verdeffendiert un all dat Wöörwaks vörbröcht, dat Schwester Agnes geegen em harr seggt. Un opletzt harr he seggt: „Schwester Agnes is een Hex, se verdarwt dat Eten."

Un dat harr he beter nich seggt. As dat Pater Reinbrecht weer to Ohren kommen, weer de so ut de Aart slah'n, dat't al wär Aart harr. He steeg op de Kanzel un hööl een Gewitterpredigt. Toeerst dönner he geegen dat gottloos Volk, dat anner Lüüd Hex schimpt, denn geegen dat Volk, dat sowat glööven dä, noch gottlooser aver, segg he, sünd de, de op son Verdacht hin Lüüd anzeigt un vör Gericht bringt un denn verbrennt.

Un dat, so harr he seggt, is de Bewies, dat de Evangelischen nich beter sünd as de gottloosen Dominikaner. Ok de Luther, de dor Frischluft in de Kark harr bringen wullt – dat Hexenfüer hett he jüstso mit anpuust, geegen de Hexenjagd hett he nix seggt un nix schreven.

Sien Lehrmeister aver, de Jesuitenprofessor Friedrich Spee von Lengenfeld, de dat schööne Leed „O Heiland, doo den Himmel op!" harr dicht, de harr geegen de Hexenjagd anpredigt un in sien Book „Cautio criminalis" dor geegenan schreven.

Un denn hol he to den Slag ut, den he woll lang al utdeel'n wull ut Arger över de Stadt Buxtu, de em de Missionsarbeit suurer möök as suur. „Slimmer noch as de Dominikaner", segg he, „sünd de Stadtregierungen. Dor gifft dat een Stadt, hier dicht bi uns, so dicht, dat een bi Winterdag över't Moor dor hinkieken kann, dor hebbt se mehr Froons verbrennt as dor Raatsherren sitt in'n Raat. De lutherischen Preester stünnen noch keen teihn Johr op de Kanzel von St. Petri, to hebbt se dor dree Froons togliek op't Brennholt schickt, vöran de Froo von den Börgermeister, un de lutherischen Prediger hebbt dor nix geegen daan. Wenn lütte Lüüd dat Seggen kriegt, ward de Schaaden duppelt groot ...

De dor den Düüvel söcht un fangt nich bi sik sülven an, de kiekt Gespenster vör Dag. De Anzeig maakt op Verdacht, de sitt mit den Düüvel an'n Disch. De sien Snacken nich wohrt, den blifft op't Letzt de Tung'n in'n Hals steken, un em druppt de Slag ..."

So weer Pater Reinbrecht mit sien'n Woortgalopp över de Tohörer hinjaagt, un de harr'n sik in de Bank duukt un dorop tööft, dat he wär in'n Drapp keem un denn in'n Schritt. Un dat dä he denn ok. He bröch sien Predigtpärd korthannig ton Stand, steeg, ohn Amen to seggen, von de Kanzel, stell sik vör den Altar un hööl de Liturgie. Un ehr he den Segen segg, segg he noch, se schull'n, wat se hört harr'n, för sik behool'n. Un Schwester Agnes un de Koch schullen to em in de Bicht kommen. – Denn eerst segg he den Segen un güng dörch den Mittelgang ruut. De Predigt harr sogaar Schwester Agnes de Spraak verslah'n. Se vergeet dat Singen. Un de Koch vergeet dat Snacken.

Dor weer't denn eerstmaal still in't Klooster. Un dat Eten wörr beter.

Den Sünndag dornaa keemen mehr Lüüd in de Kark as annertiet, de mehrsten ut de Stadt Buxtu. Un een kunn jüm anmarken, se tööven op wat. Pater Reinbrecht mark dat ok. Aver he dä jüm den Gefallen nich, noch maal von Hexen un Hexenjagd to snacken. Un denn verlööp sik de Oploop ok wär, un de noch keemen, keemen, Schwester Agnes singen to hör'n.

De Koch aver maager af von de Tiet an. Duer aver man'n Viddeljohr, denn legg he wär to, un noch 'n Viddeljohr, to harr he sien'n Vullbuuk wär, un noch 'n veerteihn Daag, to drööp em de Slag, un he leeg doot in sien Kaamer. Nu weer't an Pater Reinbrecht, em ünner de Eer to bringen. Dat keem em nu to, un dat keem em swaar an, un dorüm bruuk he dat nich. Pater Bernhard nöhm em dat af. To weer he noch goot to Foot un to Mund.

Dat leeg nu lang trügguut, un lang trügguut leeg ok al den Magister Fexer sien Predigt för Dora un Daniel jüm ehr beiden Jungs.

Magister Fexer sien Predigt harr aver noch een Naaspeel hatt. Pater Reinbrecht weer em angeh'n un harr seggt: „Dat is man de halve Wohrheit, de du dor vör Dag bröcht hest. Du büst *doch* Gott sien Anwalt. Büst du't nich, büst du nix un dien Gloov is blooß 'n Koppklookheit för Lüttmannslüüd naa de Reken: Wenn dor een Gott is, mutt he so wän, as ik mi dat denk."

Magister Fexer harr em verwunnert ankeken. He harr woll dacht, Pater Reinbrecht wörr em Recht geven. Dat dä he aver nich. He geef em een Lehrstunn:

„Wat du över de Adamssünd seggt hest, weer goot; dat uns de anhingt un ton Dood stüert, is een Preesterklookheit mit Halfverstand. Aver jüst son Halfverstand is de anner Törn, de dor seggt, Gott is ohn Leev, he scherrt sik nich üm Minschennoot. So seggt de Heiden, de jüm ehr'n Verstand för de Weltklookheit hoolt.

Verstand hett de, de weet, dat sien Verstand ümmer blooß sien Verstand is un nich de Weltklookheit. De Verstand sitt in'n Kopp, aver nich baaven un buuten den

Kopp. Wat baaven un buuten den Kopp is, dor reckt de Verstand nich hin, dat hett anner Maat. De Welt is mehr as Verstand. Seggt uns de een Verstand, Gott is Leev – un de anner, Gott is ohn' Leev, hebbt se beid för sik recht. Aver se hebbt de Wohrheit nich, de liggt doch över un ünner un blangen uns. Un de Wohrheit över un ünner un blangen uns weet nix von Leev un Haß, von goot un slecht, von Recht un Unrecht, de is in sik een un nich optodeel'n. De Wohrheit kett keen'n Naam. De Verstand kann ehr woll een'n geven, he kann Gott seggen oder Nich-Gott; aver dat is blooß 'n Naam naa de Aart von uns Spraak, un de Spraak hett de Verstand maakt. Deit he dat, bringt he 'n Religion vör Dag, will seggen, he denkt sik dat Baaven un Ünnen, dat he nich is, ut: een'n Himmel mit Gott oder een lerrig Flach ohn' Gott.

Gott aver is baaven un ünner dat Denken un Föhlen. He is, wat wi nich sünd, he is mit sik sülven övereen. Von em kann de vernünftige Verstand blooß seggen, wat he nich is, nich wat he is.

Wat nich denkt un nich föhlt, blifft sik sülven gliek. Wi denkt: Wi seggt witt un swatt, groot un lütt, hooch un deep, ganz un half – uns Verstand is ümmer op Verscheel ut. Un wenn he de Welt noog ut'nanner räsonniert hett, will he s' dornaa wär tohoopräsonnier'n – mit densülven Verstand. Un he markt nich, dat sik op de Aart de Katt in'n Steert bitt. –

Wi föhlt: Wi seggt schöön un slecht, swaar un licht, dat mag ik, un dat mag ik nich. Un wi weet nich maal worüm. Dat is so. Vondaag is't Leev, morgen wat anners un övermorgen dat Geegendeel. Dor is keen blieven Gliekklang in uns, wi sünd ton Denken un Föhlen utsett – villicht sogaar verurdeelt ...

Wo Leven nich föhlt un nich denkt, dor is ok Dood nich Dood. Dor is Gott. Un dorüm is he ok nich antoklaagen för wat, wat he nich is un nich deit. Dat he dor is, dat gifft Troost, un den hest du Dora un Daniel nich seggt. Du hest den leeven Gott utdreven un den troostloosen anklaagt, ganz so as de Halfverstand dat versteiht. Du hest Religion predigt. Religion is utklookten Halfverstand, de maakt den Glooven kaputt. De Gloov is de Insicht, de över un ünner den Verstand steiht."

„Ach, Pater", harr Magister Fexer seggt, „dat kann een woll denken, wenn Denken anseggt is. Wenn aver Weenen anseggt is, ween ik, wenn Lachen anseggt is, lach ik. Ut dat een un dat anner maak ik keen Religion. Dä ik dat, weer ik doch wieter nix as de Striethammel, de meent, se harr'n de Katt bi'n Steert un nich markt, dat't blooß de Steert is. Wat hebbt Dora un Daniel von dien un mien un anner Lüüd Klookheit – jüst so weenig as de Timmermannsjung dorvon harr, dat he Gott sien Söhn weer, as he an't Krüüz hüng. Harr he anners seggt: Worüm lettst du mi alleen? De mit em weent un klaagt hebbt, de hebbt em nich alleen laaten.

De Gott verklaagt, is nich wieter von em weg as de, de em to Fööten liggt un ansingt. Wi sünd doch fraagt, wat wi mit'nanner un för eenanner doot, nich, wat wi denkt un denken künnt."

To harr denn ok Pater Reinbrecht markt, dat se so wiet nich ut'neen weer'n.

„Wat laav ik dat een", segg Magister Fexer, „wenn dat anner jüst so is un blooß anners utsüht. Gott hett de Welt so faaken anners maaken wullt, as he Kreaturen maakt hett. He hett de Welt nich blooß mit Kreaturen utrüst, se bunt to maaken. Mit elkeen Kreatur hett he de

Welt noch maal maakt. De lütte Welt is jüst so heel un ganz as de groote. All wat Leven hett, is een Versöök un togliek dat tostüert End. – Lachen un Weenen, Klaagen un Laaven is een un datsülve un bi Gott keen Verscheel."

So snacken se mit'nanner. Un naa un naa keemen se dorop, dat se de Karken, de sik ut'nanner deelt harr'n in evangelisch un katholisch, wär tohoopbringen wullen. Pater Reinbrecht hol sik den Anloop dorto bi den Bischof Spinola in Wien-Neestadt un Magister Fexer bi sien'n oolen Lehrmeister, den Abt Gerhard Molanus in Loccum. Un Spinola un Molanus kennen sik. Bischof Spinola weer sogaar maal naa Hannover kommen un harr dor mit Leibniz un Molanus konferiert över de Fraag, woans se de Karken wär tohoopbringen kunnen. Leibniz weer nahstens mit sien'n Plaan dorto sogaar naa Wien to Kaiser Leopold reist.

Bröcht harr dat nix. De mit den Halfverstand verheiraaten Theologen kunnen nich anners as op een Hochtiet danzen. Wohrheit is wat, wat een hett, de nich denken kann. De denken kann, weet, dat sien Putt ümmer blooß half vull is. Un wenn't Pater Reinbrecht un Magister Fexer ok wüssen, bröch dat ok nix, jüm ehr Amt weer veel to lütt.

Un Leibniz sien Plaan weer ok nich jüst wat för Lüüd mit Hier-stah-ik-un-kann-nich-anners-Verkieltheit. He meen, elkeen schull togeven, dat de anner recht hett. Recht aver un Unrecht hebbt keen Wohrheit. Dat is twee'erlei. Gott aver is een. De Ansichten över em sünd verschieden un dröfft dat ok wän. De Bibel is ok een, blooß woans se verstah'n ward, is verschieden. Een mutt verstah'n, dat Gott un Bibel över Ansichten un Utleggen staht; dennso is een Kark mööglich.

Dat aver segg maal een'n, de meent, he harr de Wohrheit bi'n Steert oder de Hillige Geist harr se em ünner't Koppküssen packt!

Pater Reinbrecht un Magister Fexer wüssen nich, worüm se strieden schullen; aver ok nich, woans se anner Lüüd dorto bringen kunnen, ok mit den Striet optohool'n.

As Pater Reinbrecht nu so unverhofft naa Neekloster weer kommen un harr sik dor ümkeken un fraagt, wat to fraagen weer, güng he den annern Dag naa Abbenhuusen to Magister Fexer. Wat se dor mit'nanner snackt hebbt, kann een sik denken. Över Molanus hebbt se snackt un över Bischof Spinola, de nu al nich mehr lev, un över Leibniz sien'n Plaan, de Karken tohooptobringen, un över Jungfer Margret un över Heidewig.

Jungfer Margret mit naa Hamborg to snacken, den Plaan harr he opgeven. As he ehr mit Heidewig de Laudes beden hör un de Middagshora, de Vesper un de Complet, wüß he, dat Klooster hett twee Jungfern un is noch nich to End. Un för'n Oogenblick müß he denken: Wenn Jungfer Margret nich mehr dor is, sitt Pater Metternich Jungfer Heidewig geegenöver, so as he Jungfer Margret geegenöver seten harr, as Schwester Agnes nich mehr weer. – Aver dat wull he nich wieterdenken un Jungfer Heidewig ok nich wünschen. He seet dor blangen Pater Metternich in de Karkenbank vör den Chor, un de Jungfern seeten in den Chor: Dat Klooster weer intakt.

He bleef nich lang. He güng nich maal naa't Oole Klooster.

Naa dree Daag reis he trügg naa Hamborg. Un Jungfer Margret geef em Bööker mit: Lubeke Hanne ehr Klooster-Chronik un Cäcilia Hughen ehr Gebetbööker.

Un Pater Reinbrecht segg: „Dat hett noch Tiet." Un Jungfer Margret segg: „Wi bruukt se nich. Heidewig un ik künnt se buutenkopp."

ERATO

Christine slööp nich geern alleen, un Helmer Viets, de Saatknecht op dat Vörwark, dä dat ok nich. To düch jüm dat dat best, se slöopen in een Bett.

Un wenn Christine jüst de jüngst nich weer un Helmer an de twintig Johr woll jünger un doch de Dörtig ok al faat harr, weer't so un so een paßlich Saak.

Un dat Christine al wat füllig weer un Helmer Viets dat rechte Been naatöög, dä ok nich veel. Se kreegen, wat se wull'n to Schick.

Mit dat rechte Been weer Helmer maal ünner't Waagenrad kommen, un se harr'n dat anbraaken Been, statts antoschienen, blooß mit Säck ümwickelt. Un to weer't wat scheef wär anwossen. 't weer man'n lütten Knick över'n Foot, de möök, dat he wat in de Kuhl pett. Knickbeen sän se to em von de Tiet an.

Een vulle Arbeitskraft weer he nich mehr. Den ganzen Dag achter de Pär herloopen kunn he nich goot. 't geef aver Arbeit noog op't Vörwark, de ok een Knickbeen beschicken kunn. Kutschern von'n Waagen to kunn he allemaal un Pär un Kööh fuddern ok.

Sien nee'e Slaapgewohnheit wull'n se em op't Vörwark de eerst Tiet leed maaken. „Wo föhlt sik denn son strammen Schinken an?" fröögen se. „Goot föhlt he sik an", geef Helmer trügg, „un smecken deit he noch beter."
Un dormit harr sik dat.

Christine wull keeneen de Slaapgewohnheit leed maaken; in't Klooster wüssen se't all; aver se snacken dor nich von. Blooß Pater Metternich wüß't nich, un as he't denn to weten kreeg, wull he de nee'e Bessen wän, de dörch dat Klooster fegt. He wull dorvon snacken, un he söch de Gelegenheit dorto. – In den Bichtstohl kunn he ehr nich angah'n, Christine weer evangelisch. „Von mi ut kann ik ok katholisch warden", harr se seggt, as se sik bi Schwester Agnes vör üm un bi twintig Johr vörstellt harr. „Wenn uns Herrgott son Karkenkraam Spaaß maakt, schall he mi dat seggen. Mi maakt he keen'n Spaaß." Dat harr sogaar Schwester Agnes gefoll'n. Se kreeg de Stä as Kloostermaagd, un se kunn evangelisch blieven. Dor kunn Pater Metternich nix mehr an ännern; aver an ehr Slaapgewohnheit wull he wat ännern. An ehr wull he een Teeken setten för dat Klooster – naa buuten un naa binnen.

Bi'n Middageten düch em de Gelegenheit goot. He segg, ganz blangenbi, to Christine, wat dat nich beter weer, wenn se op't Vörwark teeh'n dä un dor den Dag tobröch, wo se de Nacht ok tobringen dä.

Christine keek em liekut an un segg: „Nee, dat is nich beter. Hier ward ik bruukt. Jungfer Margret bruukt mi un Jungfer Heidewig un Tirso un Baltzer ok. Un wat ik buuten dat Klooster doo, dat geiht keeneen wat an."

Un ehr noch Pater Metternich ton Geegenslag kunn uthol'n, segg Jungfer Margret: „Christine hett recht. De Kloosterordnung is nich stört. Un dat se in de Reeg blieven kann, dat maakt vörweg Christine ehr Arbeit hier in Kök un Huus un Gaarn; se hult uns all den Puckel free."

Pater Metternich klaap de Mund op, un as he Luft holt harr, stünn he op un stell sik graad.

„Nu sett di hin", segg Baltzer, „un wenn du wat seggen wullt, segg dat in'n Sitten. Un denn överlegg goot, wat du seggst."

Un Pater Metternich hol noch maal Luft un keek jüm all de Reeg naa an. Un as he seehg, dat keen em tonick, se all von em wegkeeken un keeneen hören wull, wat he wull seggen, segg he nix.

„Ich Trommler gewesen", füng Tirso nu an. Un Baltzer dä, wat he weenig dä: He lach. Un ehr noch Tirso sien'n Stremel wietersnacken kunn, füng Baltzer an, Tirso sien Geschichte to vertellen: „Meine Vatter General in grooße Orlog ..."

To weer dat reinste Spektaakel in'n Gang. Pater Metternich verstünn keen Woort, un Christine lach nich mit. Se stünn, woll doch wat argerlich, op un segg: „Nu ward't Tiet, dat wi an de Arbeit gaht. De Disch mutt rein."

„Du Offizier", segg Tirso, „du Kommandant!"

„Ja, komm du man an Land", segg Christine, „anners biet di de Fisch noch mehr Finger af. Dree hebbt se al."

To weer dat Spektaakel noch grööter. Baltzer wull noch 'n Snack toleggen; aver Jungfer Margret sett dor 'n Sticken vör.

„Nu is't noog", segg se, un se segg dat Dankgebet, un se stünnen op un güngen an de Arbeit, elkeen an sien Stä. Dree Daag muul Pater Metternich üm sik to. Un as he dor dreemaal över slaapen harr, to harr he inseeh'n, dat in een Frooenklooster de Froonslüüd dat Seggen hebbt.

He harr't von'n eersten Dag an swaar hatt in Neeklooster. Liekers se sik all frei'n, dat he dor weer – to seggen harr he nix. Un mit sien Missionsarbeit buuten dat Klooster kreeg he ok keen'n Foot op de Eer. As he in dat Oole Klooster den katholischen Gottesdeenst – so as Pater Staudt – bibehool'n wull, slöögen de Raatsherren un de evangelischen Preester em dat af. In Neeklooster güng dat an, in Ooldklooster nich mehr. Un de Inventarien un de Bööker, de dor noch weer'n, güngen em ok nix an, sän se. In Neeklooster harr Jochen Thielen em Angst injaagt; aver dat harr he achter sik. Nich achter sik harr he den Vaagt un Amtmann Johann Georg Hartmann. De geef em mit un ohn' Wöör to verstah'n, dat he dor över weer un beter dorhin güng, woher he kommen.

Un de Lüüd in't Klooster weer'n een lang un fast tohoopwossen Krink, dor paß he blooß sien Amt naa rin. To de Meßfier un to de Bicht bruuken se em, anners nich. Dat harr em de Geschichte mit Christine wiest.

Woans dat Klooster utseeh'n dä, wenn Christine nich dor weer, dor harr he noch nich över naadacht. Nu dach he doröver naa.

He weer utschickt worr'n mit Opdrag un Plaan, Missionsarbeit to doon – so as Pater Reinbrecht vör dörtig Johr ok. Rekatholisierung heeten se dat an'n Schriefdisch; hier, wo't in'n Gang sett warden schull, heet dat beter Bistand ton Starven. Dat Nee'e Klooster schull de Vörposten wän un weer doch nix anners as de Restposten. Dree katholische Lüüd weer'n dor noch: Jungfer Margret, Tirso de Schevena un Baltzer Brandel. Jungfer Margret ganz, Tirso dree Viddel un Baltzer een Viddel, maakt twee. Mit em sülven dree.

All de annern weer'n evangelisch: Christine, Heidewig, de Müller, de Snieder, de Amtskroogkrööger, de Amtsschriever un de Amtmann eerst recht, dorto de Lüüd op't Vörwark un in de Brooeree un in de Möhl. Wo schull he dor ansetten? Un denn keem em doch een Plaan, wo he ansetten kunn: Heidewig. Heidewig dröög dat Novizinnenkleed. Wenn he ehr dorto bringen kunn, de Profeß aftoleggen, dennso harr dat Klooster noch för lange Tiet een Konventualin, denn kunn de Restposten doch een Vörposten wän …

Wat he nich wüß, weer, dat Amtmann Hartmann mit Heidewig dat Geegendeel in'n Gang setten wull. Em weer ok een Infall kommen: He wull ehr verheiraaten. Un he dach an Hinnerk Richers, den Müller. Hinnerk weer ohn' Froo. Heidewig bröch em, as sien Schwester Maria mit Lorenz weer weggah'n, dat Eten ut de Kloosterkök. Worüm harr sik bi de beiden nich al lang wat daan? Wenn't denn nich von sülven güng, müß he dor wat an doon. Un he överlegg, woans he dat in'n Gang setten kunn.

Verheiraaten wull Jungfer Margret Heidewig ok; aver nich verkuppeln. Den rechten Mann müß Heidewig sülven finnen; aver ehr dat se't kunn, müß se mit de Geschichte von ehr Mudder in de Reeg kommen. Dat weer de Knütt.

De Geschichte mit de nee'e Slaapgewohnheit von Christine keem ehr nich to paß. Se harr lang vörher al datsülve to Christine seggt as Pater Metternich: „Weer't nich beter, du büst ok över Dag dor, wo du de Nacht över büst?"

Un Christine harr seggt: „Helmer maakt mi Spaaß, un ik maak em Spaaß. Mehr is dor nich. He bruukt mi den Dag över nich. Ji bruukt mi. Ik hör in't Klooster."

„Dat hest du goot seggt", harr Jungfer Margret antert „un wenn dat so is, schall't ok so blieven. – Wi sünd von de eerst Tiet an een Klooster ut free'en Willen."

Aver dat harr se nich mehr seggt, dat harr se dacht. De Pater, de dor an'n Marienborn den Schulten von de Lüh sien Froo den Raat harr geven, he schull een Klooster för de Döchter boo'n, de ut free'en Willen nich heiraaten wull'n, de harr de eersten Jungfer dornaa ut dat Oole Klooster utsöcht. Dat Nee'e Klooster schull een anner Klooster warden as dat Oole. – Un de Jungfern, de naa de Reformatschoon in't Klooster kommen weer'n, de weer'n von Huus ut all evangelisch wän un ut free'en Willen in dat Klooster gah'n un nich in't Damenstift naa Lüne, Ebstörp oder Medingen. Blooß Beeke Eckhoff nich, de weer von Huus ut katholisch. – Un Christine wull katholisch warden, wenn se anners nich in Kloosterdeenst harr kommen kunnt; aver naa een Novizinnenkleed harr se nich fraagt. Ehr Platz weer in Kök un Gaarn. „Ik hack un kaak nich evangelisch un nich katholisch", weer ehr Snack, „ik hack Unkruut un kaak Arften un Bohnen." Se stünn elk Morgen op ehr'n Posten, un wat se 's nachts dä, weer ehr Saak. Aver wenn Lüüd doot, wat jüm de eegen Saak dünkt un dat, bi Licht seeh'n, ok is, is't dorüm doch nich allemaal een Saak, de anner Lüüd nix angeiht. Jungfer Margret güng se an: Se dach an Heidewig. De harr, wat Pater Metternich harr seggen wullt un denn nich seggt harr, ok ohn' Wöör verstah'n. Se harr nich mitlacht dor an'n Disch un vör sik daalkeken. Un Jungfer Margret harr Bang, se kunn an ehr Mudder denken un ehr noch weeniger besööken ...

Un se wüß sik keen'n Raat, un se dä, wat se ümmer dä, wenn se nich wüß, wo mit sik hin: Se güng op ehr'n gröönen Krüüzgang üm de Fischdieken, un Heidewig nöhm se mit. As Baltzer de Kloosterpoort achter jüm slaaten harr, se över de Poststraat weer'n gah'n un twüschen Christoffer Hauschild sien Huus un de Brooeree dörch op dat Vörwark to, keemen Helmer Viets un Caspar Raatjen jüm to Mööt. Weet Gott, wat de beiden mit-'nanner to doon harr'n un se jüst nu jüm müssen to Mööt kommen.

„Dag, Helmer", segg Jungfer Margret, „un Gooden Dag ok de Jungkerl, den du bi di hest! Den heff ik von dicht bi noch nich seeh'n. Aver ik denk, dat is Caspar Raatjen, de Brooeree-Gesell, von den mi Heidewig vertellt hett."

„De bün ik", segg Caspar, „un du büst Jungfer Margret, dor hett Heidewig mi ok von vertellt."

Un Heidewig stünn dorbi un wüß vör Verlegenheit nich, wohin mit de Oogen. Un Jungfer Margret höög dat.

„Wat bringt jo so forsch in'n Drapp?" fröög se nu Caspar un Helmer.

„Ik bruuk 'n Hülpsmann in de Brooeree", segg Caspar.

„Na, denn man to! Goode Arbeit tööft nich geern", segg Jungfer Margret.

„'n gooden Utloop ok nich", segg Caspar un nick Heidewig to, un Helmer nick Jungfer Margret to. Un se güngen jüm ehr Wääg.

„De Jungkerl kunn mi gefall'n", segg Jungfer Margret. Un Heidewig keek ehr von de Siet an un segg nix.

Se güngen den Paterborn vörbi un över den Damm twüschen den Gertrudendiek un den Cäciliendiek op de Dreestammeek to, de Oda, Beeke un se inst plant harr'n, un Jungfer Margret vertell, wat se Heidewig lang al vertellt harr.

„Büst 'n oold snackhaft Wief", dach se, „vertellst ümmer datsülve." Aver se wüß sik keen'n annern Raat, se dä't.

„Disse Eek hier", segg se, „hett Beeke in'n Ilsmoor funnen, as wi wedder maal ut de Stadt trüggkeemen, wo wi vör den Marienaltar harr'n bedt. 't weer man 'n lütten Busch mit dree opstreven Stammtwiegen. ,Dat sünd wi', segg Oda, ,de beiden Graadop-Stämm, dat sünd Beeke un du, un de wat scheever naa Siet waßt, dat bün ik. Den Busch graavt wi ut un plant em in'n Kloostergaarn wär in!' Un wi güngen bi un wöhlen mit de Hannen de Eer op – een Warktüüch harr'n wi jo nich – un wi reeten un kratzen, bit wi de Wöttel free harr'n un den Busch ut de Mooreer ruutteeh'n kunnen. Un wi nöhmen em mit, keemen aver ünnerwegens noch övereen, wi wullen em nich in'n Kloostergaarn planten, he schull hier, blangen den Cäciliendiek stah'n, nich wiet von'n Damm af, dat wi em elkmaal naakieken kunnen, wenn wi den gröönen Krüüzgang güngen. Un dat hebbt wi daan. Un nu is he duppelt mannshooch wossen un jüst so as Oda vörutseggt hett: Twee Stämm blangen'nanner graad hooch un een wat schreeg naa Siet."

Un denn vertell Jungfer Margret, wat se noch nich vertellt harr:

Oda, dat weeßt du, is ut't Klooster gah'n un hett heiraat. Se weer ut Hamborg, un een Hambörger Koopmann hett ehr ut't Klooster snackt. De harr Lubeke Hanne bi uns besöcht un woll Gefallen an Oda funnen. Hett aver wat duert, bit Oda toseggt hett. Tweemaal noch hett se nee seggt un meent, se kunn uns nich alleen laaten; aver wi hebbt ehr tosnackt un seggt, wi harr'n dat ok daan, wenn uns hier een ruuthol'n wull. Un se hett seggt: „Dat glööf ik nich." Aver denn hett se't doch daan.

Fief Johr laater heff ik ehr in Hamborg besöcht. Pater Reinbrecht hett mi mitnahmen. He harr dor wat to doon. In Buxtu sünd wi op'n Frachtever stegen un denn de Iss daal naa Dockenhuden utloopen. De Schipper weer een Hinnerk Lührs ut Hornborg, een oold-oolen Kerl mit Langhaar un Strubbelbaart. De kenn, as ik to weten kreeg, mien'n Vadder. Wo de bleven weer, wüß he nich, so veel ik ok dornaa fraagen dä. Aver he fröög naa mien Mudder. Un ik müß ok seggen, ik weet't nich. Se is maalins ut't Huus gah'n un nich wär trüggkommen. To keek he mi lang an – un denn op sien Seil, un ik meen, he wüß mehr, as he seggen wull. Un ik heff nich mehr naafraagt.

Un denn füng he an, von de Everfohrt to vertellen. He verklaar mi de Schoten un Wanten, de Fock un dat Grootseil un woans se hantiert ward bi stieven un bi flauen Wind. He wies mi Issbrügg un de Esteborg, de nu den Schulten von de Lüh tohör, jüst den Schulten, de mi in dat Klooster harr bröcht. Aver de lev lang nich mehr.

Un jüst wull he wat fraagen, un ik wull wat fraagen, to kummt uns dor een anner Ever in de Mööt, un wi müssen an de Kant, dat dat opkommen Fohrtüüch an uns vörbi kunn un wi an em, ohn aneenannertostööten.

De beiden Schipper kennen sik. Un de Schipper von dat opkommen Fohrtüüch rööp naa Schipper Lührs röver: „Wat föhrst denn du för'n swatte Fracht?" Un dor meen he Pater Reinbrecht un mi mit.

„Den Düüvel un sien Grootmudder", rööp een von uns Schippslüüd. Un Schipper Lührs fohr em an un segg: „Hoolt't Muul, du Flickschooster!"

Un de Schipper von dat anner Schipp lach: „Ik dach, du harrst de Jungfernfohrt al achter di."

„Dor kann ik gaar nich noog von kriegen", segg Hinnerk Lührs.

„Na denn", segg de anner, „seeh to, dat du nich ut de Pust kummst un di de Mast nich brickt!" – Dat mit den Mast segg se nich, dat leet se ut.

Un denn harr'n wi bald ok Cranz vörut un naa 'n origen Slangentörn de Elv. Un dat weer dat eerst Maal, dat ik dat hooge Ööver vör mi seehg, dat ik bit dorto blooß von'n Geestrand ut as blauen Strek achter dat Oole Land harr seeh'n. Wat leeg dat hooch un boomdicht dor, optreppt to een lang taagen Süll, so wiet een kieken kunn!

Wi seilen liekut dorop to un denn geegen den Stroom op een'n Haaven links vör uns, wo Mast an Mast de Richt uns wies. Dat weer Dockenhuden.

De Wind weih scharper op dat grötter Waater, de Ever rull un stamp, dat Pater Reinbrecht schier de Klör verschööt.

Mi möök dat nix. Mi hög de wellenweegen Fohrt un de Wind in dat prallbuukt Segel un dat Fleiten in de Schoten un Wanten. Un ik dach an mien'n Vadder. So mutt em dat ok gah'n hebben! Un ik kunn dat eerst Maal vergnöögt an em denken.

Wi keemen op de Elv över maal so gau vörut as op de Iss. Un duer nich lang, to harr'n wi Dockenhuden faat. Un de Schipper leet de Fock inhol'n un dat Grootseil reffen un stüer 'n free'en Platz ton Anleggen an. Un de weer swaar to finnen. Dor leegen Prähmen een blangen de anner, un een Ossenspektakel weer dor an Land, dat't so sien Aart harr. De Ossen, de ut Jütland in'n März un in'n April op den Markt in Wedel wörr'n tohoopdreven un denn över de Elv sett to Wieterdrift naa't Münsterland un gaar naa Holland, de stünnen nu bi hunnert un mehr in Dockenhuden. De Markt in Wedel weer woll överloopen. – Dat weer dor een Gröhlen un Bölken, een Schimpen un Kommandier'n, een Stööten un Hau'n: De Ossendriever schimpen geegen de Prähmmatrosen an un de Prähmmatrosen geegen de Ossendriever. „Hoolt jo de Ohren to!" segg Schipper Lührs to Pater Reinbrecht un mi. Wenn wi't daan harr'n, harr'n wi 'n tämlich lange Tiet de Ohren tohool'n müßt – bit wi 'n Platz ton Anleggen fünnen. Aver dat glück denn ok, un Pater Reinbrecht un ik güngen von Boord, un twüschen de Ossenopdrift dörch naa de Haavenstraat.

Un dor stünn een Kutschwaagen, swatt un vörnehm, un veel staatscher as de Kutsch, de Amtmann Hartmann op uns Vörwark hett: De Stöhl, de Rööd weer'n blinkern blank, sogaar de beiden Pär weer'n utsöcht swatte Stuten mit blankputzt Sünndagsgeschirr. Un as ik noch de Pär ankiek un den Kutscher in grauen Rock un topassen Hoot, röppt dor een: „Margret!" Un ik hör an de Stimm, dat is Oda. Un ik kiek mi üm. „Hier doch!" röppt se. Un ik kiek wär naa de Kutsch, dor winkt mi een von'n Achterbuck. Un ik kenn de Froo nich. Se harr 'n pelzafsett Mantel an un een Pelzkapp op den Kopp: Aver an de Oogen kenn ik ehr: Dat weer Oda.

Un Oda stiggt af un kummt op mi to un seggt: „Margret! Dominus exaudivit orationem meam." Un ik segg: „Laus tibi, Domine, Rex aeternae gloriae."

To kunn ik opstiegen un mi blangen ehr setten, un Pater Reinbrecht sett sik blangen den Kutscher, un wi föhr'n den Süll hooch de Elvstraat to naa de Stadt.

Un ik kunn nich so veel kieken, as ik snacken müß. Oda füll mit ehr Fraagen över mi her as de Haav över de Höhner. Un ik fludder von een Antwoort to de anner un kreeg de Welt nich faat, de sik mit elkeen'n Pietschenslag von den Kutscher grötter vör mi opdä, as ik harr ahnen kunnt. Un't duer nich lang, to weer'n wi dor. Wi keemen gaar nich in de Stadt. Oda ehr Huus stünn an de Elvkant in een Dörp, un dat heet jüstso as een Dörp bi uns hier vör de Stadt: Ottensen. – Oda un ik steegen af, un de Kutscher föhr wieter un bröch Pater Reinbrecht naa sien Missionshuus in Altona. Dor schull ik den annern Dag ok hinkommen.

Oda ehr Huus weer grötter noch as Beeke ehr Öllernhuus. Un dat stünn alleen un nich an anner Hüüs anboot as in Buxtu an'n Fleeth. Un dor weer'n Bööm un Büsch ümto un een schier meiht Raasen, de füll sacht naa de Elv to af. Toeerst güng Oda mit mi üm dat Huus rüm un wies mi von't Hochkantööver ut de Elv.

„Wat een schöön Flach", sä ik, „hier kannst du all de Scheepen seeh'n, de in de Welt ruutseilt!" – Oda nick, aver se segg nix.

Denn güngen wi trügg un dörch de Vördör in dat Huus, un dat harr een'n Binnenvörplatz, maal so groot as bi Beeke. Un een Froo keem ut een Dör, de harr twee Kinner an de Hand. Twee Deerns. De een weer bi veer Johr, de anner, dücht mi, twee. De Hand wullen se mi nich geven, so dull un meist wat argerlich Oda ok naaschünn. Se güngen mit elk Woort, dat Oda segg, wat wieter achter de Kinnerfroo trügg. Ik düch jüm woll son Aart Hex mit mien grau Habit mit Schleier un witt Koppband.

Un Oda schick jüm mit de Kinnerfroo weg un güng mit mi in een Blangenstuuv, de ehr, as se segg, alleen tohör. Un se wies mi de Stickeree'en, de se maakt harr, un de Bööker, de se les. Un se wörr dor ümmer fahriger bi, un ik mark, dat se op wat anners to wull.

„Laat uns de Vesper beden!" segg se. „Ik heff hier uns Gebetbook. Wi künnt dor beid rinkieken." Un se stell ehr'n Stohl blangen mien'n, un se slöög dat Book op, söch aver eerstmaal gaar nich de Vesper ut, se slöög uns Aabendgebet op, un se füng an:

„Te lucis ante terminum / Rerum creator, poscimus / Ut solita clementia / Sis praecul ad custodiam." (Ehr noch de Dag to End geiht, roopt wi to di, du groote Gott! Laat dien Gootheit waaken över uns Stunn üm Stunn!) Un ik segg: „Procul recedant somnia / Et noctium Phantasmata / Hostemque nostrum comprime / Ne polluantur corpora." (Geef, dat keen Droom uns böös anfallt, keen düüster Droggbild uns verjaagt! Hool, wat uns tosetten will, weg von uns, dat uns Lief nich unrein ward!)

Un Heidewig kenn den Text, un se segg nu den drütten Part: „Praesta Pater omnipotenz / Per Jesum Christum Dominum / Qui tecum in perpetuum / Regnat cum Sancto Spiritu. Amen." – Un se segg densülven Text ok noch maal op düütsch: „Dat, du groote Gott, stüer uns to, dörch Jesus Christus, de uns Herr, un uns in Ewigkeit regiert mit di un den Hilligen Geist."

Un Jungfer Margret nick ehr to un segg: „Dat hebbt wi bedt un denn eerst de Vesper lest." – Naa'n Aabendeten seeten wi denn, Oda un ik, in de Grootstuuv mit Finster op de Elv. De Huusherr, Oda ehr Mann, harr noch wat in de Stadt to doon. He wull laater kommen.

De gelen Talglichter brennen op Guldblattstänner, de een dreearmig, de anner tweearmig; Rootwien weer in Kristallgläs ingaaten, un de Dischdek weer rundüm mit Bloomen bestickt. De kenn ik, de harr Beeke ehr to Hochtiet maakt un schenkt. – Oda vertell ümmer noch von uns, von sik vertell se weenig.

Wi weer'n noch acht Konventualinnen, as Oda weggüng; se weer de letzte Novizin, de noch de Profeß aflegg. Engel Frese, de Latien-Meisterin naa Margareta Visselhövede, weer uns Domina. Un denn weer'n dor noch de dree von Dürings ut Nottmersdörp: Sophia, de öllst, un Anna, de tweet, de luut un geern snack, de nix nich swaar füll, blooß dat Swiegen. Schwester Agnes segg: „De geiht dreemaal mehr in de Bicht, blooß dat s' wat to snacken hett." Sößteihn Johr laater keem Margareta, de jüngst, de weer blind, un se bleef evangelisch. Sophia un Anna weer'n von Huus ut ok evangelisch, weer'n aver katholisch worr'n, as se in't Klooster güngen, so as wi annern ok. Blooß Margareta von Düring nich. „Se is dor swaar noog an", segg Schwester Agnes, de to al uns Domina weer, „laat ehr blieven, wat se is. In't Klooster is se ut free'en Willen gah'n."

Un denn weer'n dor noch Gheseke Pahl un Lubeke Hanne oder Hanne Lubeke. Wi sän dat maal so, maal so, un se sülven ok. Naa all de fröög Oda, un se wüß dat mehrste von jüm jüst so goot as ik; aver ik müß ümmer noch maal vertellen, wat ik op de Weg von Dockenhuusen naa ehr Huus ok al seggt harr, un von de Dörpslüüd un von de Lüüd op't Vörwark, von Jochen Thielen un von de Lüüd in de Möhl, in'n Amtskroog un in de Brooeree. Ik keem den ganzen Aabend nich dorto, ehr ok maal wat to fraagen. Un dä ik't, geef se man kort Antwoort un böög denn wär af op uns Klooster. To weer'n wi denn op't Letzt mööd, de Talglichter meist daalbrennt, de Wien utdrunken, un wi wullen op't Bett. Un wi weer'n jüst opstah'n, to kummt de Huusherr un Koopmann Michael Wilkens in de Stuuv un seggt: „Wat dat? Ielt ji al ünner de Bettdek? Doot dat! Gaht man in een Slaapkaamer. Son Wedderseeh'n mutt ganz fiert warr'n!"

To spründ Oda op, stell sik achter den Stohl un güng den Huusherrn an, dat mi dat dörch un dörch schööt:

„Du gottloos Mannsminsch", segg se, „wokeen gifft di dat Recht, uns in een Slaapkaamer to snacken! Behool dien Kloosterphantasie för di alleen!" Den Huusherrn, de noch jüst op Grootmannswulken güng, schööt de Klör ut't Gesicht – un mi ok.

„Wat kummt di an", segg he, „wat heff ik daan?"

„Laat uns alleen", segg Oda, „laat uns bi Gott alleen!"

„Dat wull ik jo", segg he.

„Denn doo dat gliek!"

To weih he raatloos mit sien Hannen üm sik to, dä den Mund op un segg doch nix – un güng. Un ik keek Oda an.

„Goot, dat du kommen büst", segg se, „dat is dat eerst Maal, dat ik't seggen müch." Un se keek hooch op un hol deep Luft.

Duer aver man 'n Stoot, to sack se krumm in sik tohoop.

„Ach, Margret", segg se, „wenn de Kinner nich weer'n, ik güng mit di trügg."

Un ik wüß mi keen'n Raat un segg: „Aver du hest doch so schööne Kinner!"

„Ja", segg se, „aver se hört mi nich to. Se hört de Kinnerfroo to, de is den ganzen Dag bi jüm. Will ik se maal för mi alleen hebben, seggt de Huusherr: ‚Laat man, för son Arbeit büst du nich dor. Un Kloosterjungfern schüllt se jo nich warden.' Un he lacht dorbi un seggt denn achterher: ‚Is nich so meent!' – Is aver doch so meent. Ik bün ton Kinnerkriegen dor, nich ton Grootmaaken."

To wüß ik mi un ehr noch weeniger Raat.

„Laat uns slaapen gah'n!" segg se, un se wies mi een Lütt-Dönz an mit trechmaakt Bett op een Slaapsofa.

Aver dat Slaapen güng nich goot an. De Wind weih üm't Huus un reet an de Finsterruten, un dat knickel un rack in de Wannen. Ik meen, dat Huus müß över mi tohoopfallen.

Heidewig harr mehr un mehr verjaagt tohört, un as Jungfer Margret ehr nu ankeek, verjaag se sik sülven noch mehr.

„Wat snackst du dorher", dach se miteens. „Jüst dat wullst du doch nich vertellen! Von de Reis naa Hamborg wullst du vertellen, aver nich von dat End von't Leed, dat dor so unverhofft ton Swiegen keem."

„Den annern Dag", segg se gau, „weer't Unwäer al vörbi. Wi seeten an'n Kaffedisch un snacken bunt üm uns to, de Huusherr, de Kinner un Oda un ik. Un Oda lach över den Huusherrn sien Manieren. An'n Naamiddag sünd wi denn in de Stadt föhrt."

Un dat weer laagen, 't weer de schiere Unwohrheit, de se dor segg. Den annern Morgen seet de Huusherr nich an'n Kaffeedisch un de Kinner seeten dor ok nich. Oda seet dor mit ehr alleen.

„Dat is ok keen Leven", harr se to Margret seggt. „Dag för Dag as son Schmuckstück in een Herrschaftshuus sitten un Maand för Maand nee utstaffiert un 's nachts de Speelünnerlaag för een Mannsminsch, bi den de Gulddukaten noch in't Nachthemd klingelt."

Un dat weer ehr op mehrst naagah'n, dat weer ehr naagah'n, bit se't von Christine harr anners hört, as dat mit Helmer anfüng.

„Mi maakt he Spaaß", harr Christine seggt, „un ik maak em Spaaß." – Dat harr sik beter anhört; aver dat kunn se doch Heidewig ok nich seggen ...

„Wat is ut Oda worden?" fröög nu Heidewig.

„Ach, Oda", segg Jungfer Margret, „de is swaar krank worr'n un 'n half Johr laater storven."

Un dat weer ok laagen. De Wohrheit weer, Oda stürv een half Johr laater bi de Geburt von dat drütte Kind.

„Wat büst du för een unbedacht Wief", dach Jungfer Margret, as se dat seggt harr, „wat hest du dor bi Heidewig anricht un kannst dat ok mit Löögen nich wär goot maaken." –

Se weer densülven Dag noch von Hamborg afreist. Oda düch dat ok beter, un se harr ehr tofoot naa Dockenhuden bröcht. Ünnerwegens harr se't seggt: „Mitreisen kann ik nich, ik krieg wat Lütts."

Dat weer't. Pater Reinbrecht reis, as vörseeh'n, dree Daag laater trügg.

„Hett Beeke ok heiraaten wullt?" fröög nu Heidewig.
„Beeke? Nee. Beeke weer een Bloom, de wull alleen wassen, de müch Büsch un Bööm un Bloomen un Gras anröögen; aver nich geern Minschen. Wenn wi dörch't Moor naa den Marienaltar güngen, harr se ümmer de Hand utreckt un röög elkeen'n Twieg an, de över den Weg hüng, un hüng dor keen, güng se faakenins von'n Weg af un straakel dor mit de Hand dörch Beesen un Snaakenkruut, Kattensteert un Gaagel, legg de Finger op Duwak un Giersch un snack dormit. Vör Swienegel un Puggen harr se meist un meist Angst, sogaar een Lüttvaagel kunn ehr verjaagen.

Oda müch geern Hand in Hand gah'n, den Arm ümleggen un danzen, wenn uns keen seeh'n dä. Beeke müch dat nich. Se drück elk ümleggt Arm bisiet. Danzen müch se ok, aver alleen, oder se nöhm een Bloom in de Hand. Se kunn sik küseln un dreih'n as een Ringelsnaak, leet de Arms üm sik to weih'n un dat Lief weegen. Wenn Oda denn mitmaaken wull un ehr anfaaten, löpp se weg."

„Un du?" fröög Heidewig.

„Ik? Ik weer mehr as Beeke – harr aver mehr Spaaß an Oda ehr Quicklevigkeit. ‚Du büst de Jungfer Röög-minich', segg se to Beeke – un to mi, ‚du büst de Hillige Margret, de mit St. Georg den Draakendüüvel to Kleed will, un ik bün den Düüvel sien Mamsell, ik tarr de Mannslüüd ut de Büx, nehm jüm ehr Geld un geef jüm nix.' Un denn kunn se jüst so luut un solang lachen as se lies un lang beden kunn vör den Marienaltar. Wenn Beeke un ik lang opstah'n weer'n un bi ehr Öllern in de Kök seeten, bleef Oda noch lang vör den Altar un keem eerst ut de Stuuv, wenn't Tiet weer, to de Vesper in't Klooster to gah'n."

„Wann is Beeke storven?" fröög Heidewig.

„Op den Dag akraat teihn Johr naa Oda. Se weer lungenkrank un hett sik von een'n Anfall 1693 nich wär verholt. – To weer'n wi blooß noch veer: Gheseke Pahl, de blinne Margareta von Düring, Schwester Agnes un ik. – Twee Johr laater stürv Gheseke, uns Hillige Genovefa; aver dat is een anner Geschichte."–

„Komm, laat uns trüggah'n!" segg Jungfer Margret denn.

Un se güngen üm de Dieken trügg in't Klooster.

Bi de Vesper seeten Helmer un Caspar in de Karkenbank. Jungfer Heidewig aver keek nich naa jüm hin, nich bi'n Ingang un nich bi'n Utgang.

„Wat weer mit Gheseke", fröög se Jungfer Margret, as se in den Reemter güngen, „worüm weer se een Hillige Genovefa?"

Jungfer Margret keek ehr 'n Stoot lang an un dach: „Du hest vondaag wegen Oda so veel laagen un verswegen, noch maal deist du 't nich."

Se segg: „Gheseke weer verheiraat, un ehr Mann hett ehr verstött; he meen, se harr em bedraagen. To keem se to uns, un wi wullen ehr nich. Wi wullen keen verheiraate Froo, nich maal een Wittfroo. To hett Schwester Agnes uns de Tähnen wiest, un se hett ehr opnahmen. Un wi hebbt ehr nich acht – bit to den Dag, as ehr Mann keem un wull ehr trügghaal'n. He harr ruutkregen, dat se't nich daan harr. Se harr em nich bedraagen. Se aver is nich mitgah'n, se is bi uns bleven.

Se paß liekers nich recht to uns; se hett veel weent.

As denn de blinne Margareta von Düring keem, weer't mit ehr beter. Se hett sik üm ehr kümmert as üm een Kind. To hebbt wi faaken dacht: ‚Schaad, dat se keen eegen Kinner hett!'

Un Oda weer nich krank. Se is bi de Geburt von dat drütte Kind storven", segg Jungfer Margret nu. Un se wull noch wat seggen, un ehr füll't nich to.

EUTERPE

Dat Nee'e Klooster weer von de Schwedentiet an op Utloop anleggt, un disse Utloop harr nu al üm un bi söven Johr noch een'n Naam: Jungfer Margareta Jansen.

Dat harr nich dornaa utseeh'n, dat't so lang duern dä. Dat harr dornaa utseeh'n, dat Jungfer Margret gliek naa Schwester Agnes ehr'n Krüüzstock wull ut de Hand geven, so dröög un mörr weer se dorhinkraapen.

As se aver bi de Beerdigung von Schwester Agnes vör de Tiet von'n Karhoff güng, to güng se al op lichtern Foot, un as denn Heidewig densülven Dag noch in dat Klooster keem, to güng se op so lichten Foot, as harr se dat Loopen nu eerst lehrt. Von de Tiet an harr de Utloop akraat twee Naams: Jungfer Margret un Heidewig.

Nu aver, naa söven Johr, weer'n bi Jungfer Margret blooß noch de Oogen licht, de Fööt nich mehr. Jungfer Heidewig müß ehr faaken inhaaken.

Wehleidig weer'n de Kloosterlüüd dorüm nich: Se wüssen, wat op jüm tokommen wull un nöhmen elkeen'n Dag as Togaav hin. – Wehleidig weer Amtmann Hartmann: He dach egaalweg an den Dag, wo he de Regierung in Staad kunn Naaricht doon: De Saak hett sik dootloopen, de Unkosten för dat Klooster künnt spaart warr'n.

An Jungfer Margret dach he bi sien Wehleidigkeit nich, ehr Daag weer'n tellt. He dach an Heidewig: Wat harr de vör? Wat harr'n de Kloosterlüüd mit ehr vör? Söven Johr op Proov weer'n üm. Wullen se ehr dat Konventualinnenkleed anteeh'n? Pater Metternich weer nich to troo'n, un baavenher weer he ok noch op anner Aart gefährlich. Singen as Schwester Agnes kunn he nich; aver he kunn predigen. He predig dor faakenins op loos, as harr'n em de Düüvel un de Hillige Geist togliek in Pacht nohmen. Un dat snack sik rüm. To de Meßfier an'n Sünndag keemen mehr Lüüd, as he dor seeh'n müch. De predigt opletzt noch Heidewig dat Konventualinnenkleed an't Lief!

Den Plaan, ehr mit den Müller to verheiraaten, düch em, as he dor faaken noog över slaapen harr, ok wat lachhaft. Een Jungfer to verheiraaten, de sülven nich naa de Hochtiet utkiekt, weer jüst son Angang as een'n Fisch dat Fleegen bitobringen. Un lachhaft maaken wull he sik nich. Un Pater Metternich, de sik jüst annersrüm Gedanken möök, de ehr dat Heiraaten, ehr se noch doran dacht harr, utsnacken wull, wüß ok keen'n Raat. In'n Bichtstohl kunn he ehr nich roopen, un liek op ehr togah'n un op'n Kopp to fraagen, wat se nich Konventualin warden wull, müch he ok nich. Se kunn „Nee!" seggen, un wenn se dat eerst seggt harr, denn weer't een för allemaal vörbi. Un bi Jungfer Margret vörföhlen, troo he sik ok nich. De kunn dorgeegen wän. Worüm harr se Heidewig nich al sülven dorop böcht?

Naa den Opstand, den he wegen Christine ehr Slaapgewohnheit harr maakt oder harr maaken wullt, un woans he dormit ankommen weer, harr he so un so nich veel Moot mehr, de Kloostergeschicht miteens in de Hand to nehmen. De Froonslüüd weer'n em över, tominnst eerstmaal noch. He müß aftööven un Gelegenheit sööken. Un denn füll em een Gelegenheit in: He kunn predigen!

Un he füng an, över den Ehestand to predigen, will seggen, he füng an, geegen den Ehestand to predigen.

Mit een Predigt över Hiob un sien Froo füng he an: „De Ehestand", segg he, „is von Gott geven, dat is gewiß. Gott sülven bruukt em nich, dat is ok gewiß. He schickt den Hilligen Geist to een Froo wegen de Naakommenschaft. Un he schickt em – un dat is een Wunner, dat swaar to begriepen is – to een Froo ut Fleesch un Bloot. Un dat wull he woll faakener noch doon, wenn dor noch een Froo so weer as Maria, Jesus sien Mudder, so fromm un so gottogeven. Dor is aver bit nuto keen wär so wän. He tööft dor noch op.

To de Minschen schickt he wegen de Naakommenschaft de Leev. De is von Huus ut datsülve as de Hillige Geist; aver kummt se in den gewöhnlichen Minschen rin, ward se von Fleesch un Bloot dörchsüert un verdorven. Se ward wüppwehlig un ümdriftig. Maal springt se dorhin, maal hierhin. Se hult ton Narren un lett sik ton Narren hool'n. Maal krallt se sik fast, dat't weehdeit, maal lett s' sik wegweih'n as een Blatt in'n Harvst. Toeerst kummt se dorher as 'n strammen Eber, laaterhin ward se 'n Faaselswien un opletzt een överleidig Farken, dat keen'n Titt afkregen hett.

Is't eerst dorhin kommen, ward Mann un Froo een wehleidig Paar, plattföhlig un queesig.

So güng dat mit Hiob un sien Froo ok. Den frommen Hiob drööp dat Unglück. Satan dä em dat an. He nöhm em allens, wat he harr: Sien Huus, sien Veeh un sien Kinner. Un baavenher slöög he em mit Krankheit. Dor seet de arme Mann nu op'n Mesthümpel, kunn sik nich röögen vör Weehdaag un kraatz sik den Eiter von Huut un Knaaken. Un wat dä sien Froo? Statts em bitostah'n un to tröösten? Se segg: Dat hest du nu von dien Frommheit! Segg di von Gott loos un kniep den Mors to!

Dorhin weer't kommen mit de Leev! De Ehstand harr ehr den Verstand ut't Hart reten. Wenn aver de Verstand ut't Hart ruutreten ward, stiggt he to Kopp un stüert op den Dood to.

Dor weer't denn beter, Hiob sien Froo weer Jungfroo bleven un harr op den Hilligen Geist hofft. De schenkt Leven över Unglück un Dood ruut. Amen."

Bi een Predigt hört un behult een jo op meist dat, wat een hör'n un behool'n will. De mehrsten Tohörer behööl'n dat Woort von den strammen Eber un dat överleidig Farken. Jungfer Heidewig aver behööl dat Woort von de gottogeven Jungfer. Un dat schull se woll ok. Jungfer Margret ahn' dat un arger sik. De Kloosterlüüd argern sik nich. Se högen sik, dat dor nu noch mehr Lüüd in de Kark keemen un Pater Metternich hör'n wullen.

To Oostern un to Wiehnachten harr de Kark so un so Toloop. Dor keemen all, de twüschen Haarborg un Staad noch katholisch weer'n bleven oder totaagen weer'n von annerswo her – tovörst de Suldaaten, de bi de Schweden in Deenst stünnen. So weer dat to Schwester Agnes ehr Tiet ok al wän.

Dor harr'n sogaar de Evangelischen seggt: Een schöön sungen Leed is beter as een gottklooke Predigt. Nu sän se: Een spaaßige Predigt is beter as een gottklooke.

De Kloosterlüüd wüssen dat, un se bröchen jüm ehr Kark in Neeklooster op Schick mit Bloomen un Biller un Talglichter, un Pater Metternich töög 'n bunten Talar an. Dat dän se ok dorüm, dat de Evangelischen Biller un Buntheit ut de Kark ruutwiest harr'n un in griesgrau Wannen seeten vör jüm ehr'n swatt-talarigen Paster.

De Ohren ward gauer mööd as de Oogen, sän se, een mutt ok seeh'n, wat een hört.

Dat Oostern un Wiehnachten so groote Festdaag weer'n in Neeklooster, dat harr sien Geschichte, un de Geschichte harr 'n Naam: Cäcilia Hughen. Cäcilia weer een Dichterin, un dat se een Dichterin weer worr'n, dat harr ok sien Geschichte, un de heet: Magister Halephagen.

De von Magister Halephagen bi sien Kloosterreform mitbröchten Konventualinnen ut Ebstörp bröchen een Kloosterkultur mit, de se vörher nich harr'n hatt. Woll harr'n se stickt un neiht un Teppiche knütt, ok Latien lehrt, ok Psalmengebete snackt un sungen; aver eegen Gebete un Leeder harr'n se nich maakt, dat bröchen jüm de Jungfern ut Ebstörp to. Un Cäcilia Huhgen weer jüm ehr best Schöölerin. Mit föfteihn Johr keem se in't Klooster un mit eenuntwintig kunn se latiensch lesen un schrieven, as weer't ehr eegen Spraak. Un se schreef Ooster- un Wiehnachtsmessen op de Aart, as se dat in Ebstörp, Wienhuusen un Medingen ok dän. Un diss Aart, Wiehnachten un Oostern to fier'n, behööl'n se veel Johr'n bi.

Mehr noch as Oostern un Wiehnachten aver fiern se Pingsten. Un Pingsten fiern se buuten de Kark mit 'n Ümtog op den gröönen Krüüzgang üm Möhlendiek un Gertrudendiek. De Pater dröög een mit Riesbusch ümbunnen Krüüz vörto, un de Lüüd, de em naagüngen, kreegen ok all 'n Riestwieg in de Hand.

Bi'n Paterborn hör'n se de Predigt, un de füng all Johr mit densülven Vers an:

Hillighe Geist kum unde fat mi,
fat mi du ewigh licht,
gef mi anner gedachten,
wies mi een beter richt.

De Predigt weer man kort. Denn töögen se över den Damm, den Cäcilia harr boo'n laaten, üm den Gertrudendiek rüm op de Stä to, wo dor een lütt Anbarg schreeg geegenöver den Amtskroog in den Möhlendiek utlööp. Dor wörr de Dischaltar opboot un op een'n lütten Disch dorachter dat Tabernakel mit de Hostien sett. So höölen se to Pingsten de Meßfier. So harr Cäcilia Hughen dat anfungen. Un de lichtgröönen Bööken stünnen dor ümto as Karkenpieler, un de Vaagels speelen de Orgel. Solang Cäcilia dor weer, segg se sülven een Gedicht vörto, dat harr se von een Reis naa Lübeck mitbröcht:

Idt geschach up eynen pinxtedach,
Dat men de wolde unde velde sach
Grone staen mit loff unde gras.
Unde mannich fogel vrolich was
Myt sange in haghen unde up bomen:
de krüde sproten unde de blomen,
De wol röken hir unde dar;
De Dag was schone, dat weder klar.

Dit Gedicht, so schall se seggt hebben, harr ehr eerst op de Pingstmeß buuten de Kark bröcht. Pater Metternich harr so sien Bedenken, dorüm dat doch in de Bibel stünn, se weeren, as de Hillige Geist över de Jünger keem, in een Huus versammelt un nich buutenhuus ünner Böökenbööm. Aver he wüß, dat in Neeklooster de Glocken eegen Klang harr 'n, dorüm möök he mit.

To Pingsten op dat Johr 1703 aver weer de Krink, de dor op den gröönen Krüüzgang üm de Dieken töög, man wat lütt, he weer orig lütt. Dat keem, dor weer'n to veel Lüüd ut Neeklooster naa Abbenhuusen in de Kark föhrt to Kinddööp. Döfft warden schull David Hauschild, de tweete Söhn von Elisabeth un Christoffer. Elisabeth weer, as dat schien, an't Kinnerkriegen kommen. „Mit eenmaal geiht't", harr Baltzer seggt, „mitmaal rullt de Kugel in dat richtige Lock."

Un disse Kinddööp bröch de Pingstfier in Neeklooster 'n beten wat dörch'nanner. Magister Fexer harr dat so wullt: David schull to Pingsten mit veel Volk in de Gemeen rindöfft warr'n. Un den Amtmann Johann Georg Hartmann weer dat recht. He leet anspannen un föhr mit dree Waagens de Dööpgesellschaft naa Abbenhuusen to de Kark, wieldes de Kloosterlüüd mit jüm ehr katholischen Gäst de Pingstmeß ünner de Bööken fiern.

As se dormit dörch weer'n, güngen se nich in't Klooster ton Eten, se versammeln sik bi Christoffer Hauschild sien Huus un tööven op de trüggkommen Dööpgesellschaft. Dat weer nich Mood dormaals, dat de Öllern mit to Dööp in de Kark güngen. De Nahvers un Verwandten bröchen dat Kind hin un wär trügg, un de Öllern tööven to Huus un nöhmen den nee'en Christen, von de Paten tobröcht, in Empfang. De mehrst Tiet weer de Mudder ok noch gaar nich wär op de Been. Elisabeth aver weer op de Been, se harr dorüm, dat de Dööp op Pingsten leggt wörr, Tiet noog ton Liggen hatt.

Un nu stünn se dor mit de Kloosterlüüd vör de Grootdör, as de Waagens vörföhr'n, un Christoffer leet sik dat Wickelkind von'n Waagen recken. Un all, de't noch nich seeh'n harr'n oder noch maal seeh'n wullen, güngen vörto un keeken David an un beprahlen em un sien Öllern. Un de weer'n opbleiht as de Pingstroosen. Elisabeth weer wat ranker worr'n un Christoffer wat fülliger. Se seehgen woll noch ümmer ut as een Kürbis un een

Bohnenstang'n, aver wenn se den Naam nich al hatt harr'n, nu harr'n se em nich mehr kregen. Nu heeten se sik sülven so un kunnen doröver lachen. Un se harr'n Ursaak dorto. De lütt David weer quick gesund, dor harr dat mit de Dööp keen Iel hatt. Mit den lütten Jonathan weer't de eersten Daag man leeg wän; he harr so recht keen'n Moot hatt, un keeneen wüß, wo dat an leeg. Se harr'n sogaar een Nootdööp maakt, so slimm harr't mit em utseeh'n: Un Dora Hinck harr Elisabeth un Christoffer bistah'n mit mehr Traanen as Raatsläg. Wat kunn se ok doon? Aver denn weer't mitmaal bargop gah'n, dat Kröt harr sik miteens besunnen un tolangt un weer von Dag to Dag puustbackiger worr'n, harr bölkt, wenn he Hunger harr, un quiekt, wenn he satt weer. Nu weer he dree Johr oold un so rund as sien Mudder. Noch maal son halve Dööp wull Paster Fexer nich, nu schull dor een groote Dööpfier her, dorüm harr he se op Pingsten leggt. Un to de Fier in'n Huus in Neeklooster keem he sogaar mit. Elisabeth bröch ehr'n David in't Huus, un Christoffer nöödig sien Gäst in't Flett, un dor kreegen se eerstmaal 'n Sluck Beer. Un dat Flett weer mit Riesbüsch gröön maakt, un de Kooh an de Deel ok. De hööl aver woll nich veel von son Pingstlametta, de harr sik den Busch al halv loosschüert un freet dorvon.

Un naa den Sluck Beer güng't röver naa 'n Amtskroog. Dor harr'n Dora un Daniel dat Middageten praat. Dat geef, wat't an'n 7. Mai 1675 geven harr, as Otto Wilhelm Graf von Köönigsmarck in'n Amtskroog inkehrt weer. Otto Wilhelm Graf von Köönigsmarck weer de schwedische Ambassadeur bi den Köönig von Frankriek. He weer von Rouen ut to Schipp naa Düütschland reist, weer in Cranz an Land gah'n un harr in Neeklooster Statschoon maakt. He weer de hööchste Gast, den de Amtskroog jichens harr hatt, un dorüm geef dat an utnahmen Festdaag in Putt un Pann, wat se den Grafen harr'n vörsett. Wat dat weer, weet ik nich, de Menükaart is verlustig gah'n; aver Kartüffeln weer'n dorbi, dat hebbt de Gelehrten von de Staader Saatzucht ruutfunnen un fasthool'n. De Kartüffeln harr de Graf ut Frankriek mitbröcht. Un dor weer'n welk överbleven, un de harr'n se an'n Maidag noch utplant. Un von de Tiet an geef dat in Neeklooster Kartüffeln, ok an den Festdag för David Hauschild.

Un se weer'n all dorbi: De Amtmann un de Amtsschriever, de Deenstlüüd von't Vörwark un in de Brooeree, de Müller un de nee'e Schooster Johann Cuhrs. De is in uns Geschichte noch nich vörkommen, un he kummt ok nich mehr vör. De seet all Daag op sien'n Schoosterbuck un keem blooß vör Dag, wenn't wat ümsünst to eten un to drinken geef. –

Un de Kloosterlüüd weer'n dor: Jungfer Margret un Jungfer Heidewig, Pater Metternich un Christine, Tirso de Schevena un Baltzer Brandel.

Un Elisabeth un Christoffer weer'n hool'n as een Grafenpaar, un so keemen se sik ok vör.

Un Dora un Daniel güngen von Disch to Disch, snakken mit de Lüüd un nöödigen ton Eten. Un Dora lach sogaar dorbi, dat harr se Johr un Dag nich daan.

Un naa'n Eten güng't an't Drinken. Sogaar Paster Fexer keek in't Glas. Un as he deep noog keken harr, güng he op Helmer Viets un Christine to un segg: „Nu seeht to, dat wi noch son Dööpfier kriegt!" Un Christine segg: „Een oole Hehn, de noch kluckt, hört in'n Putt." To müß de Magister Fexer lachen, un he nöhm noch'n Sluck, un dorbi versluck he sik un pruuß den Mundvull Beer üm sik to. „Wat een nich lehrt hett, kann een nich", segg Christine. „Hest recht", segg Magister Fexer, „een Paster, de drinkt, hört in't Bett." Un he hooß sik den Hals dröög un sett dat Beerglas bisiet. „Ik wull di in Verlegenheit bringen", segg he denn, „nu hest du mi in Verlegenheit bröcht. Den Düüvel ok, dat kummt dorbi ruut!" Un he nick Christine un Helmer to un keek, wo he nu blieven kunn.

He vermiß Pater Reinbrecht, un dorüm güng he naa Jungfer Margret, de dor bi Elisabeth seet mit ehr'n Jonathan op'n Schoot un Anna Hinck blangen sik. Un de beiden Froons seehgen em kommen un höölen op mit jüm ehr 'n Snack un tööven, wat he seggen wull.

„Dag, Jonathan un Dag ok Anna!" segg he to de Kinner hin, „heff jo gaar nich anholt bi all den Oploop hier. – Du hest maal 'n schööne Kinnerdeern an Anna", segg he to Elisabeth – un to Jungfer Margret: „Hest du Naaricht von Pater Reinbrecht?"

„Ja", segg Jungfer Margret. „He fraagt, wat ik nich doch noch naa Hamborg kommen will."

„Doo dat nich!" segg Paster Fexer, „wi bruukt di hier."

„Dat meent Pater Metternich ok."

„Ja, aver he meent dat anners."

Mit Pater Metternich keem Magister Fexer nich so goot övereen as mit Pater Reinbrecht. Pater Metternich weer noch de Missionar, de Pater Reinbrecht de eerst Tiet ok weer wän. Se leven woll nich tohoop as Katt un Hund, güngen sik aver liekers geern ut 'n Weg. An dissen Dag eerst recht; denn Pater Metternich meen nich anners as, he harr de Dööp för David op Pingsten leggt, üm dat he sien Lüüd von de Pingstfier mit de Kloosterlüüd harr afhool'n wullt. Un denn weer'n se ok wegen Heidewig nich övereen. Elkeen harr den annern in Verdacht, he harr wat mit ehr vör.

Un dorüm, dat't ok so weer un elkeen wat anners mit ehr vör harr, kunnen se dor nich över snacken, will seggen, wullen se dor nich över snacken. Mit Jungfer Margret bruuk he sik dor nich mit to vernehmen, se wullen beid', dat de Geschichte mit ehr Mudder ehr ut de Gedanken keem. – Un he keek üm sik to, un beerdüüselig as he weer, vergeet he de beiden Froons blangen sik. Un se marken dat un snacken dor wieter, wo se ophool'n harr'n, as de Magister sik to jüm harr sett.

Un de Magister kreeg Tirso de Schevena to seeh'n un to hör'n. De seet blangen Pater Metternich un vertell een von sien Geschichten. Ditmaal aver nich von „Meine-Vatter-General", he vertell von „große Orgelmeister Arp Snittger". De harr op de Reis naa Jörk un Neefeld maal Neeklooster besöcht un sik de Orgel dor ankeken. Un he harr to Tirso seggt, he schull doch maal wat speelen. Un he harr dat daan. „Und was hat große Meister gesagt?" fröög he nu sien Tohörer. Un Pater Metternich keek em an un wüß dat nich, he wüß nich maal, wokeen de „große Meister" weer. „Hat genickt", segg Tirso, „hat genickt."

„Dor seet em een Fleeg op de Näs", segg Baltzer. Tirso hör dat gaar nich. He segg noch maal: „Hat genickt!"

Du nickst hier ok bald in mit dien'n döösigen Kopp, dach Magister Fexer un reck sik hooch un keek Jungfer Margret an, un de harr al lang von de Siet to naa em hinluert un sien Innicken seeh'n.

„'t is Tiet, dat wi op anner Gedanken kommt", segg se, „hier ward dat orig wat luut."

"Hest recht", segg Paster Fexer, "mi dröhnt de Ohren ok al. Gaht 'n Stück mit mi langs, Heidewig un du, ik bruuk Utloop naa Huus."

Un Jungfer Margret stünn op un nick Elisabeth to un de Kinner un denn Jungfer Heidewig, de seet mit Baltzer un Tirso an'n Disch. Un Heidewig stünn gliek op.

Se sän noch een paar Wöör to Elisabeth, güngen denn op Daniel un Dora to un bedanken sik för dat schööne Eten un bi Christoffer för de Dööpfier un nicken den Amtmann to, de sien best Sünngagsgesicht opsett harr un mit den Müller an een'n Disch seet un op em tosnack, un de Müller hör, as dat schien, mit Andacht to.

Un in'n Vörbigah'n, so ganz blangenbi, segg Jungfer Magret to Caspar Raatjen: "Gah 'n Stück mit uns üm'n Diek, hier löppt di de Buuk blooß vull!"

Un Caspar verjöög sik un sett gau dat Beerglas weg un keek verbaast op Jungfer Heidewig, un de keek verbaast op Jungfer Margret. Un Paster Fexer segg: "Ja, man to! Dat hier duert noch lang. Dor kummst noch frööh noog trügg."

Un nu weer't een wunnerlich Paarloop: Magister Fexer un Jungfer Margret güngen blangen'anner, un Jungfer Heidewig un Caspar müssen't ok. De Stieg weer to small, de leet veer Lüüd blangen'anner gaar nich to. Un Magister Fexer un de stille Margret snaatern dorher as de Aanten op den Diek blangen jüm, un Jungfer Heidewig un Caspar töögen achterher as de swiegen Swaans.

Gliek achter den Paterborn al segg Paster Fexer: "So, nu laat mi alleen gah'n! Un gaht mi nich den glieken Weg trügg! De Fier geiht eerst richtig loos, wenn de Paster weg is. Un Klooster-Jungfern hebbt se ok nich geern dorbi. Un fallt mi nich in'n Diek!"

Dormit güng he stracks wieter un leet de dree alleen. Un as weer't een afspraaken Speel, nöhmen nu Jungfer Margret un Jungfer Heidewig Caspar in de Mitt un güngen mit em op den Damm twüschen den tweeten un den drütten Diek jüm ehr'n gröönen Krüüzgang üm den Gertrudendiek naa'n Möhlendiek to.

Bi de Dreestammeek güng Jungfer Margret ut de Reeg un straak üm de dree Stämm mit de Hand.

„Denk di dor nix bi", segg se to Caspar, as se trüggkeem, „een oold Wief lett von de Gewohnheit nich."

Wat dat för een Gewohnheit weer, segg se nich. Un Heidewig, de't wüß, segg ok nix. Un Caspar, den dat so un so de Spraak verslah'n harr, fröög nich.

Un denn vertell Jungfer Margret. Se vertell nich von Oda un Beeke, se vertell von Cäcilia Hughen – so as Lubeke Hanne dat vertellt un opschreven harr:

„Pingsten", segg se, „weer Cäcilia ehr Fest, se hett dat to een Buutenfest maakt mit Bloomen un Blattgröön. Dorbi weer se von Natur een Böökerminsch. Dat Spraakenlehr'n flöög ehr so to. Se weer 23 Johr, to weer se al de best Latien-Meisterin, de uns Klooster hett hatt. Nix dä se leever as lesen, schrieven un maalen. Mit 35 al harr se Priorissa warden kunnt, se wull't aver nich, se wull achter ehr Bööker blieven.

‚Ik will nix warden', segg se, ‚ik will wat doon.'

Eerst mit 62 hett se sik to Priorissa wählen laaten. Aver so dull se achter de Bööker her weer un Lust harr, sülven welk to schrieven un uttomaalen, weer se doch nich mit sik övereen. Se meen, de Buutenwelt mit Bööm un Gras, mit Vaagels un Fisch, mit Wind un Waater, Wulken un Snee, Regen un Störm weer mehr as schreven Schrift un mehr as schreven Schrift kunn faaten.

Dorüm wull se ok nich von Neeklooster weg, as se ehr in Harvestehud to Priorissa wull'n maaken.

‚Schreven Schrift', segg se, ‚is blooß een Naaklapp von dat, wat to seeh'n un to hören is un mehrsttiets een Gedankenspeel, dat, eenmaal anfungen, för sik un ut sik sülven speelt. De Wöör, de de Welt schüllt faaten, faat den Schriever.'

Dor is mehr in de Welt, as sik de Kopp mit Wöör trechdenken kann. De Welt is to schöön, to groot un to schaad, dor blooß mit Wöör in spazieren to gah'n. Wöör bringt Gedanken vör Dag, un sünd s' eenmaal dor, springt se as de Schaaplammer in'n Frööhjohr. Kaamt s' to Verstand, gaht s' Foot vör Foot. Un geiht een mit sien Wöör Foot för Foot, markt he, dat s' lang nich all to de Welt topaßt, un een mutt nee'e Wöör söken. Dat doot aver de Böökerminschen nich, se springt as de Schaaplammer wieter von Book to Book. Pater Reinbrecht is ok so een. Oda hett em dat maal op'n Kopp toseggt, as Lubeke Hanne wedder maal von Cäcilia vertellt harr, un Pater Reinbrecht hett antert: ‚Lammer, de springt, hebbt dor Spaaß bi.' Un Oda hett seggt: ‚Mehr Spaaß hebbt de, de springt un singt. Cäcilia hett dorbi sungen.'

‚Wenn Sankt Peter mi singen hört', hett Pater Reinbrecht seggt, ‚komm ik nich in den Himmel. He nimmt blooß Bookfinken un Nachtigallen, de Kreihen möt buuten blieven."

Wokeen Oda weer, kunn Caspar gaar nich weten un wokeen Pater Reinbrecht, ok nich, un Heidewig wörr dor meist wat verlegen bi.

Middewiel weer'n se an de Stä kommen, wo se an'n Morgen jüst de Pingstmeß fiert harr'n un de se dat Cäcilieneck heeten. Jungfer Margret weer de Stä, wenn se mit Heidewig alleen güng, ümmer vörbigah'n. Un dat harr sien Geschichte, un de leeg mehr as dörtig Johr trügg:

Pater Reinbrecht weer dormaals jüst nee in't Klooster kommen, un Oda, Beeke un se schullen em dat Vörwark un de Fischdieken wiesen. As se nu hier an't Cäcilieneck ankommen weer'n un von Cäcilia vertellen wullen, keem dor Tobias, Baltzer sien oole Hund, ut'n Busch un achter em her een reisen Tääf, de wull wat von em, een kunn't ehr anseeh'n, dat se Drang harr: Se schmuus sik em an. Un Tobias wull nich un dreih sik egaalweg von ehr weg. Un se seehgen, wat dorvon warden schull un weer'n verlegen un müchen een den annern nich in de Oogen kieken. Un Pater Reinbrecht zischel liesen dörch de Tähnen: „Wievervolk."

Un denn keem't denn doch so wiet. Tobias sprüng op. Un't weer so een lachhaft Angang, wat denn passier, dat Oda looslach un naa Pater Reinbrecht hin segg: „Mannsvolk."

Aver dat weer't noch nich all. Tobias sprüng af – un se keemen nich von eenanner loos, se töögen een den annern hin un her, un dat naakte Elend keek de beiden ut de Oogen.

To keem Baltzer doröver to. He harr woll ahnt, wat sien'n Tobias ut't Klooster dreven harr un weer em mit 'n Ammel vull Waater naagah'n. Den gööt he denn twüschen de Hunnen. To keemen de beiden von eenanner free.

„So kommt Hunnen to Welt", segg Baltzer. „Dat Hillige nich. Aver in uns Klooster staht ok de Hunnen ünner't Krüüz."

Un dat weer ehr naagah'n. Un se harr'n dor nie nich mehr över snackt. Oda nich, Beeke nich, un se ok nich.

Se weer'n de Stä ümmer ohn' Wöör vörbigah'n. Se harr sogaar elk Johr bi de Pingstmeß doran denken müßt ...

Nu aver wull se't nich mehr. Nu wull se Cäcilia op den Plaan roopen:

„Hier", segg se, „hett Cäcilia faakenins seten, den Möhlendiek vör sik, de Brooeree schreeg geegenöver un de Möhl, un doröver den lütten Kloosterkarktoorn. So as dat nu ok noch to seeh'n is. Hier harr se ehr Welt bi'nanner: De Bööken ümto, de Vaagels in Busch un Boom un op't Waater, un de faststah'n Welt op de anner Siet von'n Diek gliek tweemaal: eenmaal ton Himmel opreckt, eenmaal överkopp in't Waater duukt. ‚So is dat mit de Welt ok', schall se seggt hebben, ‚all wat dor is, is tweemaal dor. Een mutt op't Waater kieken. Dat Waater is de Weltenspeegel. Un de seggt: All wat dor is, wiest mit datsülve Gesicht naa baaben un naa ünnen. Wi sülven ok. Dat Land, op dat wi staht, is de Scheed. Dat meent: Wat goot is, is ok slecht, un wat slecht is, is ok goot. Dat Füer, dat dat Eten di warmt, verbrennt di ok dat Huus, dat di warmt. De Wind, de dien Schipp in Fohrt bringt, drifft ok de Wellen hooch, de't kaputtslaht. De Arm, de di Hülp toreckt, kann di ok trüggstööten. De Leev, de di Leven tobringt, kann di ok in den Dood drieven ...'

Dat Klooster, dat dor vör uns mit den Karktoorn in den Heven wiest, wiest in'n Waater jüstso in de Höll ...

Een mutt hier sitten un in'n Speegel kieken, dennso süht een dat Duppelgesicht von all, wat dor is. Wenn dor nix nich is, wat togliek naa baaben un naa ünnen wiest, wat nich hooch un nich deep is un sik ümmer gliek, wat Baaven un Ünnen nich kennt, denn is't leeg mit de Welt, denn is se nich ton Lachen un nich ton Weenen. Dor wees Gott vör!"

„O Gott", segg Jungfer Margret. „Wat segg ik dor! Ik komm op mien oolen Daag noch an't Predigen. Kaamt, laat uns sitten gah'n!"

Un se setten sik op de Bank, de Cäcilia dor harr opstellen laaten. Aver de Bank, de se harr opstellen laaten, weer dat natürlich nich mehr. 250 Johr hult dat keen Bank ut. 't weer woll al de drütte oder veerte, de se dor opstellt harr'n. – Jungfer Margret sett sik an de Kant, un to müssen Heidewig un Caspar blangen'nanner sitten. Un nu hör'n se de Lüüd in'n Amtskroog singen. Se süngen dat Lünbörger Leed. Dat harr'n de Jungfern ut Ebstörp mitbröcht, un denn weer't ünner de Lüüd kommen, un se süngen dat bit op dissen Dag:

Wan de leeve summer kumpt
so stuuft de sandt.
Tho lüneborg will ik wohnen,
dor is dat Lilien landt.

Dor weet ik eenen,
den heff ik so leef,
den so will ik schrieven
min Segel un ok den breef.

't weer aver nich to verstah'n, wat se süngen. Jungfer Margret kenn den Text woll, un Jungfer Heidewig harr em sachs hört, wenn Christine em süng. Caspar kenn dat Leed woll nich, un se sän em den Text nich, un he fröög ok nich dornaa. As de Singvaagels in'n Amtskroog 'n Stoot still weer'n, segg Jungfer Margret: „Hier hett Schwester Agnes faakenins sungen, aver keen Pingstleed – een Oosterleed. Cäcilia hett dat Leed för uns maakt un opschreven. Singen kann ik't nich; aver ik kann't opseggen:

> *O soete dagh, van god uns kamen,*
> *de vullenbröcht dat hilligh wark,*
> *de Jhesus ut dat grav hett namen*
> *un trüch uns bröcht den Heiland starc.*
>
> *O soete Jhesus, brüdegam uns,*
> *de uns holt ut dat elend rut,*
> *de in sin vaders herligh hus uns*
> *nu tobringt as sin leeve brut.*
>
> *O soete dagh vull lecht un leven,*
> *uns tobleiht na de winternacht,*
> *dat gröne veld hett blomen geven*
> *vel bunter noch as vörbedacht.*
>
> *Des moeten de seyden soete clinghen,*
> *de orgele soete singhen,*
> *unde all de herte van vrouweden springhen.*

Den Refrain harr se doch wat sungen, tominnst harr se't versöcht. Se lach: „Ok een oole Katt lett dat Muusen nich, kriggt aver mehrsttiets de Springmuus nich tofaat. Schwester Agnes aver kreeg se tofaat, bit op den letzten Dag. Keen anner Leed hett se so faaken sungen. Un wenn't naa de Lüüd in de Karkenbank harr gah'n, harr se dat to Pingsten un to Wiehnachten ok singen müßt. Jungfer Heidewig un Caspar harr'n woll tohört, wüssen aver nich recht, wo mit sik hin. Jungfer Heidewig harr woll geern wat fraagt, dä dat aver wegen Caspar nich, un Caspar dä't wegen Heidewig nich. Un Jungfer Margret mark dat, un se böög sik vör un segg to Caspar hin: „Nu vertell maal von dien Arbeit in de Brooeree!"

„Ach", segg Caspar, „dor gifft't nich veel to vertellen, dat is een Arbeit as in anner Brooeree'en ok."

„Woans büst naa Neeklooster kommen?"

„Dörch Daniel un Dora. Daniel hett bi mien'n Vadder lehrt, un Dora is een Verwandte."

„Is dat nich wat eldanken hier för di?"

„Is dat, aver ik heff jo den Diek. Ik versorg mit Helmer un den Müller de Fisch." Un nu keem Caspar an't Vertellen.

„Dor sünd Karpen, Barsch un Häk un Aal in den Diek. De Karpen ward utsett, de Barsch kaamt dörch Aanten un den Swaan dorto. Wenn de op anner Waater fleegt, blifft faakenins Laich an jüm ehr Fööt hingen, un se bringt den mit. Wenn't to veel ward, ward't leeg för de Karpen.

So veel kann een gaar nich ruutangeln, wenn de Överhand kriegt. Is aver opstunns nich so. De Hauptsaak is, de Graskarpen sünd dor. De möt in'n Diek blieven; de ward gliek wär utsett, wenn s' an de Angel gah'n sünd un ok, wenn de Diek utfischt ward. De hoolt den Diek rein, de fret blooß Gras un Grööntüch, de maakt, dat de Diek nich övergröönt.

Ehrgüstern is uns een an de Angel gah'n, un de Angel is reten, ton Glück över den Kork, un wi kunnen seeh'n, wo he hinswümmen dä. To hebbt wi dree Stunn versöcht, em mit den Käscher to kriegen, opletzt is't glückt, un wi hebbt den Angelhaaken loosmaakt un em wär utsett."

Un Jungfer Margret hör to un fröög naa Aal un Häk un wat dor anners noch sik dä an'n Diek, un Caspar wüß Bescheed un keem in't Snacken un keek maal op Heidewig, maal op Jungfer Margret un maal op'n Diek.

Un twüschendörch hör'n se naa'n Amtskroog hin: Dor süngen se nu noch wat luuter un so as wenn de Chor keen'n Dirigenten mehr harr, elk Sänger söch den eegen Part ümmer de Näs naa. Dat weer jüst keen Konzert, dat de Tohörer von wieter weg hören müchen, un Jungfer Margret segg:

„Nu laat uns man in'n Stall gah'n, sän de Schaap, de Scheeper kriggt dat Danzen. – Aver wenn ji noch blieven mögt – ik finn den Weg alleen."

Blieven aver wull Jungfer Heidewig nich, un so stünnen se denn op un güngen den Restdiek rüm un över de Möhlendammbrügg op dat Klooster to.

Un an de Poort stünn Baltzer Brandel un segg to de beiden Jungfern: „Ji sünd de letzten. Dat Klooster is wär komplett."

Bit to de Vesper weer't noch Tiet. Un Caspar stünn buutenvör. Jungfer Margret bedank sik för sien Vertellen över de Fisch un nick em noch 'n schöönen Pingstdag to.

To de Dööpgesellschaft trüggah'n, harr he keen Lust, un in't Huus wull he ok nich. To güng he den Weg, den he jüst gah'n weer, noch maal, aver annersrüm un sett sik op de Bank dor an dat Cäcilieneck. Un he hör de Gesellschaft dor in'n Kroog un harr dor keen'n Spaaß an. Un he dach an Christine un Helmer, de harr'n dor blangen'nanner stah'n un mit'nanner lacht ...

Opletzt stünn he op un güng dörch de Böökenlichtungen un rin in de Dannen, wo se op dichtst stünnen – jichenswohin.

TERPSICHORE

Heidewig danz, se danz meist den ganzen Weg von Abbenhuusen trügg naa Neeklooster, un se straak mit de Hand de Büsch un Bööm an'n Weg.

Dat keem, se weer bi ehr Mudder wän, un se harr'n mit'nanner snackt. Se weer nich dat eerst Maal dor, so een-tweemaal in't Johr besöch se ehr in't Armenhuus. Ditmaal harr se Ursaak, sik to frei'n. Ehr Schwester weer bi Magister Fexer in Deenst, un nu kreeg se 'n Anstellung bi den Paster in Jörk. Ehr Mudder güng dat so goot un so slecht as een'n dat in't Armenhuus gah'n kann. Se güng op Daglohn. De mehrsten Buern wullen ehr woll ümmer noch nich op'n Hoff seeh'n, dor weer'n nu aver doch welk, de holen ehr, wenn se't hill harr'n. Se weer tofree, will seggen, se klaag nich mehr rund üm sik to. Dat harr se vörher daan, un dorüm weer't för Heidewig ümmer een Angang, ehr to besööken.

Dat eerst Maal weer se naa'n half Johrstiet to ehr hingah'n, aver vör Abbenhuusen wär ümdreiht. Un se harr laagen, d. h. se harr leegen wullt, se wull Jungfer Margret seggen, se weer dor wän, harr't aver denn doch nich daan. Un Jungfer Margret un Paster Fexer harr'n ehr Tiet laaten, bit se naa'n Johrstiet sülven seggt harr: Nu gah ik. Geern harr se't ok to noch nich daan, un de Besöök harr ehr ok keen Opdrift geven, dat noch maal to doon. Slimm harr ehr Mudder von Gesicht to utseeh'n; ehr Tüüch aver harr se glatt un schier. Un elkmaal harr se klaagt över de Lüüd, de ehr vörbikeeken, över den Paster, de ehr von de groote Sünderin predig, de Jesus nich verstött harr – wat schall mi son Bibelsnack, harr se seggt, de hülpt ok nich – över sik sülven harr se klaagt, dat se so lichtfarig harr wän kunnt – un över ehr beiden Döchter, de sik nu scheef müssen ankieken laaten.

„Mi geiht dat goot", harr Heidewig seggt, „mi kiekt in't Klooster keeneen scheef an."

„Dat doot se doch", harr ehr Mudder antert, „se laat sik dat man nich anmarken."

Dor weer se denn ümmer swaarkoppt naa Huus gah'n un harr sik freit, wenn se wär in ehr Klooster weer.

Ditmaal weer't anners wän. Ditmaal harr ehr Mudder von Vadder vertellt, von de Fohrt naa Buxtu, op de se sik kuum noch besinnen kunn: Se harr de Stadt eerst mit Jungfer Margret richtig to Gesicht kregen.

„Blief, wo du büst", harr se ditmaal seggt, „denn kann di dat nich so gah'n as mi!"

Woans ehr dat woll gah'n schull, wenn Jungfer Margret nich mehr weer, dor harr se nich an dacht, un Heidewig dach dor ok nich an un güng vergnöögt von ehr weg.

Un se weer jüst ut't Dörp ruut, to keem dor een Buer mit Pär un Waagen ehr to Mööt. Den kenn se nich, tominnst kunn se sik nich op sien Gesicht besinnen. De Buer hööl an un segg: „Büst du nich Heidewig Ingel?"

„Ja", segg Heidewig wat verlegen. Se müch keen Lüüd ut Abbenhuusen draapen un hoff ümmer, dat ehr weenig bemööten dän.

„Hest dien Mudder besöcht?"

„Ja."

„Wo geiht't ehr denn?"

„Goot", segg se gau dorher.

„Hm", segg de Buer. Un denn segg he: „Du büst maal 'n glatte Deern worr'n." – Un denn föhr he wieter.

Villicht harr dat ehr danzen maakt. Dat harr Jochen Thielen ok maal to ehr seggt; aver dormaals harr se sik nix dorut maaken kunnt. Un as se nu so dorhin danz un Büsch un Bööm mit de Hand anröög, stünn Caspar Raatjen miteens vör ehr, un se verjöög sik.

„Du danzt as den Börgermeister von Buxtu sien Froo", segg he, „laat di nich tofaat kriegen!"

„Von wat för'n Froo snackst du?"

„Na, von de, de se as Hex verbrennt hebbt."

„Büst nich klook!"

„Bün ik nich, ik kann man weenig lesen un schrieven, un Latien kann ik gaar nich; aver ik segg nix naa."

„Dor is ok nix naatoseggen."

„Na denn! – Ok nich, wenn ik 'n Stück mit di langs gah?"

Dor anter Heidewig nix op, geef aver ok nich to weten, dat ehr dat nich recht weer.

„Du hest dien Mudder besöcht. Ik heff di loosgah'n seeh'n naa 'n Middag."

Dor anter Heidewig ok nix op, keek em aver liekut an.

„Wo geiht't dien Mudder denn?" fröög Caspar.

„Goot", segg se wär dorhin, sett aver dorto: „Ehr geiht't beter as vörher. Un mien Schwester is bi Paster Fexer in Deenst un kummt nu naa den Paster in Jörk."

„Dat hört sik goot an", segg Caspar, „un wo geihst du hin, wenn Jungfer Margret nich mehr is?"

To bleef Heidewig verstutzt stah'n un keek eem meist wat böös an.

„Dor heff ik noch nich över naadacht", segg se scharp, „un dat will ik ok nich."

To mark Caspar, dat he wat Verkehrts seggt harr un füng gau 'n annern Snack an.

„Vertell mi von Jungfer Margret!" segg he, „hett mi gefoll'n, wat se von Cäcilia seggt hett. Een weet weenig över de Kloosterlüüd. Vertellt ward veel, un weten deit een nix."

„Jungfer Margret kennt de ganze Kloostergeschichte", segg Heidewig, „un de Steerns an'n Heven. De hebbt all 'n Naam."

„Wat dat?"

„Ja, de hebbt 'n Naam. Un Jungfer Margret weet dor Geschichten von to vertellen."

„Vertell mi een!"

„Nu an'n Dag kann ik keen vertellen. Ik müß di de Steerns wiesen; aver wenn du wullt, vertell ik von den Grooten un den Lütten Bär'n."

„Vertell!"

„De Groote Bär is de Mudder un de Lütte dat Kind, un twüschen jüm liggt de Slang'n, de lett jüm nich tohoopkommen. Un nich wiet von af steiht de Hillige St. Georg, de will de Slang'n överkriegen, un de Hillige Margareta hülpt em dorbi mit 'n Krüüzstock."

„Wokeen denkt sik son Geschichten ut?"

„De sik de Steerns richtig ankiekt."

„Deit Jungfer Margret dat?"

„Elk Aabend, wenn se to seeh'n sünd."

„Se is to veel alleen."

„Is se gaar nich. Ik bün doch dor un Christine. Un dat Steernkieken hett se al daan, as Oda un Beeke noch dor weer'n."

„Wokeen sünd Oda un Beeke?"

„Na de, de bi ehr weer'n, as dat Klooster noch mehr Jungfern harr."

„Un wo sünd de bleven?"

„Oda is naa Hamborg gah'n, un Beeke is storven."

„Wat wull Oda in Hamborg?"

„Se hett heiraat."

„Künnt Kloosterjungfern denn heiraaten?"

„Wenn se willt, künnt se dat. Beeke wull dat nich. Un Oda is bi de Geburt von dat drütte Kind storven."

„Mien Mudder ok", segg Caspar.

To sweegen se 'n Stoot lang. Caspar keek vör sik daal, un Heidewig keek em an.

„Vertell mi von dien Mudder!" segg se.

Un Caspar schüttkopp un segg: „Vadder hett noch maal heiraat."

„Magst du von dien nee'e Mudder vertellen?"

Un Caspar schüttkopp noch maal.

„Von de Bööm gifft dat ok Geschichten", segg Heidewig, „schall ik dorvon vertellen?"

„Hett Jungfer Margret nie nich ut't Klooster ruut wullt?" fröög Caspar.

„Dor hett se nix von seggt, un ik heff nich fraagt. Worüm schull ik dat doon?"

„Hett se nich heiraaten wullt?"

„Worüm fraagst du?" segg Heidewig.

„Mien öllste Schwester", segg Caspar, „sitt in'n Huus un tööft, dat ehr dor een wegholt un heiraat. – Un Christine geiht elk Aabend naa Helmer."

„Aver se is elk Morgen bi uns in de Kök – bit ton Aabend."

„Versteihst du dat?" fröög Caspar.

„Nee", segg Heidewig kort af, „un ik will dor ok nich över naadenken."

To weer jüm ehr Snack för 'n Tiet lang op Sand loopen, un se wüssen nich, woans se dat Schipp wär flott kriegen kunnen. Middewiel weer'n se denn ok bi den Gertrudendiek ankommen, un de Glock in't Klooster slöög de Vesper an. „O", segg Heidewig, „ik komm to laat, ik mutt loopen! Gah du hier an'n Paterborn naa Huus, ik loop üm de Dieken!" Un gliek lööp se loos. Un se keem ut de Pust in de Kark an un sett sik mit angleihten Kopp Jungfer Margret geegenöver in ehr'n Chorstohl. Un Jungfer Margret nick ehr to, un de Vesper füng an. Naa veerfief Psalmenversen harr Heidewig sik so wär bi'nanner, dat se de latienschen Wöör mit Bedacht snacken kunn.

Un as se dormit dörch weer'n, un se keek op, seehg se Caspar achtern in de Bank sitten un Helmer Viets blangen em.

Naa'n Aabendeten, noch an'n Disch, fröög Jungfer Margret Heidewig naa ehr Mudder, un se kunn goot dorvon vertellen. Un denn fröög Heidewig miteens naa de Froo von den Börgermeister von Buxtu, de se as Hex verbrennt harr'n.

„Woans kummst d' dorop?" fröög Jungfer Margret.

To weer Heidewig doch wat verlegen, segg aver denn liekut: „Caspar Raatjen hett dorvon hatt. He is mi to Mööt kommen."

Un Jungfer Margret nick ehr to un segg: „Dat heff ik mi dacht. Dat he di von Margarete Blicker vertellt hett, heff ik nich dacht."

„Hett he ok nich. He hett blooß seggt, laat di bi'n Danzen nich tofaat kriegen, anners verbrennt se di as Hex."

„Hest du denn danzt?"

„Ik heff an Beeke dacht un an Oda. Ik heff 'n beten mit de Arms üm mi to weiht un de Bööm mit de Hand anröögt, un Caspar hett dat seeh'n."

„Un de danzt, hett he meent, hett den Düüvel in sik?"

„Nee, gewiß nich. He hett lacht; aver he hett von den Börgermeister sien Froo antaagen. Wat weer dormit?"

„De Geschichte müß Beeke di vertellen. De hett faaken seggt, wenn se vör sik hin danz: Ik bün Margarete Blicker, de Hex von Buxtu. Se kenn de Geschichte goot. Ehr Huus an'n Fleeth stünn blangen dat Huus, wo Margarete Blicker hett wohnt."

Un Jungfer Margret füng an: Beeke vertell so: „Margarete Blicker weer ut Lachmannshuus un harr keen'n sitten Mors. Op leefst harr se sik op een Pärd sett un weer in de Weltgeschichte reden. Ok müch se sik geern bunt un licht anteeh'n, un dat dä se ok, aver blooß bi sik in'n Gaarn achtern Huus. Dat kreegen aver een paar Naaverslüüd doch to seeh'n, un de Snackeree güng loos. Un denn düch ehr de Huusarbeit ok to weenig. Se harr ok nich veel to doon bi twee Kinner. Twee Deenstdeerns weer'n dor, wat schull se dor noch veel beschikken. Un mit de Raatsherrenfroons rümklucken, dor harr se ok keen Lust to. Un dat keem dorhin, dat se mit de Deenstdeerns rümschimpt un dat, wat se maakt harr'n, noch maal möök. Un dat bröch ehr ok keen Tüügen, as 't dorop ankeem. Un denn dä se sik mit anner Froons tohoop, de ok wat wehliger toslah'n weer'n. Un de setten sik tohoop, un de mööken ok nich blooß Knütt- un Stickarbeiten. Un dat geef ok Snackeree.

Maalins harr een Raatsherr to den Börgermeister seggt: ‚Paß 'n beten op dien Froo op, de maakt uns Froons ok noch wööpsch!'

‚Solang se de Kerlslüüd nich wööpsch maakt, will dat woll gah'n', harr de Börgermeister antert.

Un een anner harr seggt: ‚Du hest maal 'n lustigen Vaagel in'n Käfig. Paß op, dat he di nich wegflüggt!'

‚De sitt nich in'n Käfig, de kann fleegen, wohin he will, de kummt wär trügg.'

Harr he wüßt, wat dor een paar Raatsherrenfroons wirklich seggt harr'n, he harr't nich so lichtfarig afdaan.

Un denn weer de Dag kommen, de em dat Lachen verslöög un sien Margarete ok. Un de Vörgeschichte dorto, denk ik, hett Beeke sik utdacht. Se vertell so:

An'n Aabend vör de Bartolomäusnacht harr se sik mit dree Froons to Huusandacht in de Fischerstraat draapen. Een rechte Andacht weer dat woll nich; aver se lesen toeerst ut de Bibel un süngen ok een topassen Leed. Bi't Singen al weer'n se ton Lachen kommen. Geeschen Priggen harr mitmaal mit hoochkreiht Stimm opsungen, un to weer de Lachdüüvel loos. Den annern Vers süngen se all mit hoochkreiht Stimm.

So, harr de Blickersche seggt, nu loopt wi ganz ut't Spoor! Un se weer opstah'n un dörch de Dönz gah'n mit wüppweegen Schritt: eerst man 'n beten, denn ümmer mehr, dat de Achtersteven maal naa backboord, maal naa stüerboord dreih, as wenn de Störm em hin un her reet, un mit de Arms weih se üm sik to, un de Hannen greepen naa Luftlöcker. Un de annern dree Froons harr'n dat gliek mitmaakt. As se nu ut de Pust weer'n un sik een naa de anner hinsetten dä, hol Geeschen Priggen Hööd ut ehr'n Schrank un sett jüm all een'n op. Dor weer'n wunnerliche Koppdeckel dorbi. Un se füngen an, naa de Aart von de Hööd, den Hootdanz to danzen: de een stief un vörnehm, de anner plattpatschig, de drütt traanküüselig un de veert footswewig as de Elfen. Un denn wesseln se de Hööd üm un mööken een de anner naa. – Un denn stött de Blickersche mitmaal de Huusdör op un danz op de Straat. Un so güng't op de Fischerbrügg to un dat Fleeth hooch – bit naa de Stadtmöhl. Un dor weer de Spaaß ut, un se güngen naa Huus.

De Hexendanz aver güng nu eerst loos. Weet Gott, worüm de Blickersche ehr'n Övermoot so in't Kruut harr scheeten laaten. Se harr weten müßt, dat dor Hexenjagd anseggt weer! – Toeerst holen se Geeschen Priggen af. De wull'n se lang al wat an, dorüm dat se lichtfarigen Ümgang harr, Mannslüüd bi sik inleet un mit minnachtig Lüüd ut den Stavenoort, wo de Armen wohnen, bi hellen Dag op de Straat stünn un mit jüm snack. Se hebbt ehr op de Quälbank bunnen un ehr so toset, dat se opletzt segg: Ja, se weer dat Fleeth hooch danzt, un de Blickersche weer dor mit bi wän. De Naams von de annern beiden Froons segg se nich, se dach woll, den Börgermeister sien Froo doot se nix. Un as Aleken Hedendörp, de bi Margarete Blicker in Deenst weer wän un ruutflaagen, dorüm dat se lange Finger harr maakt, as de denn, ohn dat se fraagt wörr, to weten geef, se harr den Düüvelsdanz ok seeh'n, un de Blickersche harr den Vördanz maakt, to weer de Katt een Düüvelskaater. Sodraa Margarete Blicker dat in de Künn kreeg, möök se, dat se ut de Stadt ruutkeem. De leet 'n Waagen anspannen un dörch de Geestdör vörutföhr'n. Se sülven sett mit 'n Viverkahn över'n Stadtgraaven un steeg eerst buuten de Stadt op den Moordamm to, un se reis naa Altluneborg to den Brooder von ehr'n Mann, to Lüder Blicker, de weer dor Borgmann un Gerichtsherr för dat Amt Beverstedt. Un dor bleef se dree-veer Maand un hör un seehg nix von Buxtu, dä aver ok nix geegen dat, wat ehr dor weer anhungen worr'n. – Un denn reis se trügg, steeg bi dat Oole Klooster ut un nöhm dor Wohnung, un de Probst hööl de Hand över ehr. Un he versöch, den Stadtraat dorhin to bringen, dat se ehr Verlööf geeven, in ehr Huus un to ehr Kinner trüggtogah'n mit de Tosegg, dat se dor ohn' Noot leven kunn. Se kreeg aver keen Verlööf.

As de Probst Vitus Chrummer dor noch maal üm angüng, wiesen se em de Dör. To legg he sik op anner Aart in't Tüüch: He geef Naaricht dorvon naa Bremen an den Erzbischof, un de schick twee Borgmannslüüd naa Buxtu. Ok de kreegen de Dör wiest. Un noch maal schick de Erzbischof twee Borgmannslüüd un sien'n Dekan naa den Stadtraat. Ok de beschicken nix – blooß so veel, dat de Akten över Geeschen Priggen naa de Universität Leipzig schull'n schickt warr'n un an den Schöffenstohl naa Meidenborg. Un von dor keem Bescheed, de Blickersche müß verhört warden un op dat, wat de Priggen un de Hedendörp harr'n seggt, Antwoort geven. Un denn müß, wat rechtens weer, ok rechtens in't Wark sett warr'n.

Över een Johr weer Magarete Blicker von Huus weg un de mehrste Tiet so dicht bi de Stadt, dat se de Stadtkark seeh'n kunn, ehr Kinner aver nich. Aver doon kunn ehr de Stadtraat nix, över dat Klooster harr he keen Recht.

Un to dä se, wat se beter nich harr daan. Se güng trügg in ehr Huus. Se föhr mit 'n Schipp von dat Oole Klooster de Iss daal, ünner Stroh versteken, bit naa de Holländerdör, de se ok de Marschdör heeten. Dor steeg se ut, jüst as de Aabendkark to End weer, un se güng in ehr Huus an'n Fleeth. Un se legg sik to Bett. Un noch in'n Bett hebbt se ehr in Isen leggt un in de Frohneree, in dat Stadtgefängnis an'n Haaven, bröcht.

Un de evangelischen Raatsherren seeten över ehr to Gericht, un de evangelischen Preester keeken to. Un de katholische Probst kunn nix doon un de Erzbischof ok nich. Wenn lütte Lüüd dat Seggen kriegt, segg Pater Reinbrecht, sünd se slimmer noch as de Dominikaner. Un dat weer'n se in Buxtu. Ok Margarete Blicker wörr op de Quälbank leggt, un opletzt kreegen de Herren to hör'n, wat se hör'n wullen: Se harr Ümgang mit den Düüvel hatt, de heet Tylike, se harr ehr'n Mann bedraagen, se harr Botter verhext un anner Froonslüüd narrsch maakt, ok mit den Düüvel to danzen – un noch veel mehr, wat de Richter sülven nich glööven. Wat se aver glööven wullen, dat reck to.

Margarete Blicker wörr vör de Stadt op de Hexenwisch verbrennt un mit ehr Aleken Hedendörp, de geegen ehr utseggt harr. De Richter meenen, de mit de Blickersche Ümgang harr hatt, de harr se ok ansteken un kunn sik nich ruutsnacken, indem dat se geegen ehr utsegg. – Dat dän se woll ok ut Arger, dat se Geeschen Priggen nich verbrennen kunnen. De weer jüm ut de Frohneree wegloopen, un mit ehr de Wachmann, de op ehr harr oppassen schullt.

Dat is de Geschichte von Margarete Blicker, de sik in't Hexenfüer hett danzt."

Jungfer Margret keek 'n Stoot vör sik hin un denn op Heidewig un segg: „Wenn Beeke danz, segg se, faat mi nich an, ik danz mit Tylike! Mi aver dücht, se danz mit 'n Engel."

„De Engel danzt nich, se singt!" segg nu Pater Metternich.

„Dat weer beter, se danzen un süngen wat weeniger", segg Baltzer Brandel.

„Engel sünd keen lichtfarig Froonslüüd", segg Pater Metternich.

„Nee", segg Baltzer, „se sünd stiefbeenig Mannslüüd."

„Engel sünd nich Mann un nich Froo, se sünd ohn' Baart un Bost", segg Pater Metternich.

„Sünd s' nich Mann un nich Froo, denn sünd s' gaar nix un hebbt mit uns nix to doon", segg Baltzer.

„Se singt Gott to Ehr."

„Un wat hett Gott dorvon?"

Un as Pater Metternich nu nich gliek wat to seggen wüß, segg Baltzer noch maal: „Wat hett Gott dorvon?"

Un as Pater Metternich ümmer noch nich wüß, wat he dorop antern schull, fröög Baltzer: „Wo faaken singt se denn?"

„Dag för Dag", segg Metternich.

„Dag för Dag? Hebbt de nix anners to doon? Un mag Gott dat ümmer noch maal hör'n? Is he so baartkettelig, dat he blooß Honnig mag?"

„Du snackst ohn Verstand", segg Metternich.

„Dat mag angah'n", segg Baltzer, „mien lütt Verstand seggt mi: Is Gott de Eerst un de Gröttst un hett över all, wat dor is, Macht – wat kann em de Düüvel doon?"

„Di kann he wat doon!" segg Pater Metternich.

„Kann he nich", anter Baltzer. „Ik glööf, dat Gott alleen Macht hett. Du ok?"

Un nu harr Pater Metternich „Ja" seggen müßt. He dä't aver nich, he weer to argerlich över Baltzer, un he günn em dat Woort nich, un dat möök em argerlich över sik sülven. – He keek fünsch üm sik to, ruckel wat mit 'n Stohl un stünn denn op. Un as se em all ankeeken un tööven, wat he nu seggen wull, segg he: „Vondaag ward wi uns nich eenig. Wi möt doröver slaapen."

Un dat dän se denn ok. Se stünnen een naa'n annern op. Sogaar Christine weer ditmaal sitten bleven. De Geschichte von Margarete Blicker, de se lang kenn, harr se noch maal hör'n wullt. Un de starke Christine, de vör nix nich Angst harr, hör se elkmaal mit Angst.

Un Jungfer Margret dach an Pater Reinbrecht, as se in ehr Klausur-Kaamer weer. To em harr Baltzer datsülve al maal seggt: „Wat hett Gott dorvon", harr he seggt, „dat ji Dag för Dag vör em op de Knee liggt un em ansingt? Bruukt he dat?"

„Müchst du", harr he seggt, „müchst du dörch de Stadt gah'n, wenn all Lüüd vör di den Hoot teeht un singt di Hosianna to? Dag för Dag? Weer di dat mit? – Müßt du nich denken, de Lüüd meent di gaar nich; aver se willt wat von di un troot di doch nix to?"

„Wi willt ok wat von em", harr Pater Reinbrecht seggt, „wi willt, dat he uns seggt, woans dat hier mit uns meent un vermaakt is. Worüm müssen Johann Jürgen un Jochen Christoffer Hinck so elendig verdrinken un Dora un Daniel so veel Traanen weenen? Worüm müß Hiob so veel Weehdaag uthool'n un harr doch Gott to Ehr daan, wat he kunn? Worüm? Worüm geiht dat de Frommen nich beter as de Nichfrommen? Dat mutt he Dag för Dag hör'n, bit he Antwoort gifft."

„Jüst dorüm", harr Baltzer saggt. „is Jesus von Huus gah'n. He is geegen den Vadder opstah'n. He hett seggt: Ik gah to de Lüüd, de dor leven un starven möt, ohn' dat se sünd fraagt worr'n. Ik will leven un starven, as se dat möt, dat du maal an dien eegen Fleesch un Bloot sühst, wat dat heet: leven un starven. De ümmer un ewig levt, weet von dat een un dat anner nix. Jesus is ut Protest ut't Huus gah'n, un Gott hett dat tolaaten müßt, wenn he sik nich in Unrecht setten wull. Un he hett ok nich ingriepen dröfft, as se em an't Kleed güngen un an't Krüüz slöögen. Eerst as't to End weer un överstah'n, hett he ingrepen. Dor kunn Jesus nix an doon. De doot is, kann nich mehr protestier'n, de mutt mit sik maaken laaten, wat de, de noch levt, will.

Hett Gott em ut den Dood ruutholt, hett he sik fastleggt un mutt nu ok anner Lüüd ut den Dood ruuthol'n. Wo kunn he anners woll sien'n Söhn noch in de Oogen kieken."

Pater Reinbrecht harr dor nix op to seggen wüßt un harr doch wat seggt. He harr seggt: „Dien Klookheit is nich von Gott, se is von Jochen un Lorenz Dammann. Un Jochen Dammann is een Suupuut, de hett sien'n Söhn nich ut't Huus gah'n laaten, de is em wegloopen."

„Ja", harr Baltzer seggt, „dorüm is mien Klookheit ok nich von Jochen un Lorenz Dammann."

Den annern Sünndag harr Pater Reinbrecht in de Predigt seggt: „Gott is nich von Huus ut Leev. Leev is Drift ton Leven, un de hett blooß Fleesch un Bloot; de ewig levt, hett de nich. Sien Söhn hett de, de is ut Fleesch un Bloot, de hett den Vadder to de Leev dwungen, un nu kann he nich anners."

Un se harr'n all hooch ophört un dacht: Wat nu woll noch kummt? Dor weer aver nix mehr kommen, wat noch dorto paß.

Un opletzt harr Pater Reinbrecht den Strek taagen un seggt: „De Vadder kann nich geegen den Söhn wän un de Söhn nich geegen den Vadder."

Un dormit weer he wär in't oole Fohrwaater.

Naa de Predigt weer Jungfer Margret to em gah'n un wull wat fraagen. Wat se fraagen wull, wüß se al nich mehr, un se weer ok nich dorto kommen. Baltzer weer vör ehr op em togah'n un harr seggt: „Worüm stöttst du mit 'n Mors wär üm, wat du mit de Hannen opboot hest?"

„Ik predig naa de Bibel, nich naa mien eegen Näs," harr Pater Reinbrecht seggt.

„Dor will ik över naadenken", harr Baltzer seggt, „aver ik bün bang, dor kummt nix bi ruut."

„Ik ok", segg Pater Reinbrecht, „dorüm laat uns nich klööker wän as de Klookheit."

„Wat is mi dat för'n Snack", harr Baltzer seggt, „is denn de Klookheit wat för sik un blangen uns un Gott?"

„So is dat", segg Pater Reinbrecht, „du denkst ja vörher ok nich so as du naaher denkst, also is se wat för sik un blangen uns."

„Dat lohnt dat Naadenken", harr Baltzer seggt. –

Jungfer Heidewig dach an den Aabend över Margarete Blicker naa un an Beeke un doran, dat se harr danzt un Caspar harr ehr dorbi seeh'n.

Se keek von den Dag an faakenins naa em ut, wat he al lang dä.

Un denn keem de Dag, dor seehg se em naa't Ilsmoor to gah'n. Un se kreeg Unrast, un se güng em, ohn Jungfer Margret un Christine Bescheed to seggen, naa.

„Ik gah maal naa't Ilsmoor to", segg se to Baltzer an de Poort, „will mi'n Haaselbusch hol'n."

„Doo dat", segg Baltzer, „un komm mit Caspar Raatjen trügg, de kennt sik dor nich ut."

To lööp se doch wat root an un tööger wat.

„Nu man to", segg Baltzer, „anners kummst to laat, un he versuppt in't Moorlock!"

To lööp se loos, as weer he wohrhaftig in't Moorlock follen, un se müß em to Hülp kommen.

Wohin mag he gah'n wän, wo schall ik em sööken? dach se. Un to flöög dor een Duuv op, un se dach: De wiest den Weg! Wo de hinflüggt, geihst du hin. Dat duer aver man 'n Stoot, to slöög de Duuv 'n Baagen un böög op ehr to un flöög över ehr weg naa't Klooster hin. Se keek ehr argerlich naa un güng den inslah'n Weg wieter.

Dor güngen mehr Wääg in't Moor rin; se kenn aver blooß den, den se mit Jungfer Margret naa Stadt to gah'n weer. Un se kreeg Sorg, se kunn Caspar vörbiloopen.

Wat wull he in't Moor, wat harr he dor to doon? Un se harr keen Gedüür ton Naadenken, se stüer op den lütten Moordiek to, an den se mit Jungfer Margret harr seten, un Jungfer Margret harr von Beeke un von Oda vertellt; aver se röög de Twiegen nich an, un danzen dä se ok nich.

Un denn hör se dor een'n Holt slah'n, un se wörr mootloos un dach: Dat kann Caspar nich wän; Holt slah'n kann he doch överall.

Un denn stünn se an'n Diek. Un to weer he't doch. He harr'n degten Stock afslah'n, un se seehg, dat't 'n Haaselstock weer, un he schnitz em, as dat schien, ton Handstaaken trech. He keek gaar nich op un fröög ok nich, wat se woll in't Ilsmoor wull. Un ehr füll nu eerst in, se wüß gaar nich, wat se seggen wull, wenn he dornaa fraagen dä.

He müß denken, se weer em naaloopen. Un dat arger ehr noch mehr, as dat he gaar nich opkeek un sien Arbeit wohr, as weer se gaar nich dor.

„Son Stock harr ik ok geern", segg se.

„De is för di", segg Caspar un keek ümmer noch nich op.

Un as se nu dorstünn un tokeek un nich wüß, wat se seggen schull, segg se: „Nu weet ik ok, worüm ik nich danzen schall. Jungfer Margret hett mi von den Stadthexendanz vertellt."

„Un", fröög Caspar, „glööft se, dat't 'n Hexendanz weer?"

„Nee."

„Denn danz man driest. Solang di keen Raatsherr süht, deit di keeneen wat. Blooß Raatsherren ut Buxtu glööft an Hexen."

„Du nich?"

„Nee. Ik mutt nich wiesen, wat ik kann. Un ik heff ok nix to seggen."

„Wat meent dat?"

„Wenn lütte Lüüd dat Seggen kriegt, richt se Unheil an, seggt Paster Fexer."

„Hest du mit em snackt?"

„Ik heff sien Predigt hört. – Un nu laat de Hexen hexen un de Raatsherren Herren speel'n. Wat geiht uns dat an. – Hier, dien Haaselstock is fertig! Nu mutt ik noch dien'n Naam inkarr'n."

„Aver blooß Heidewig – nich Jungfer vörto un nich Engelken achterher – blooß Heidewig."

„Dat harr ik ok nich anners vör, dat weer mi veel to veel Arbeit."

„Büst du fuul?"

„Ja. Op leefst dä ik nix, legg mi op'n Puckel un leet mi de Sünn op'n Mors schienen."

„Dat geiht slecht."

„Ja, un dat argert mi."

„Kunnst di jo man op'n Buuk leggen."

„Denn kann ik jo nich seeh'n, wo de Sünn hinschient."

„Mußt du dat denn weten?"

„Ja. Ik will weten, wat achter mi passiert."

„Een Deel geiht man." – „Un dat argert mi, dat een nich togliek op'n Mors un op'n Buuk kieken kann."

„Un dor mußt du di över argern?"
„Ja. Een weet ümmer blooß half Bescheed."
„Du maakst di lustig."
„Ja. Ik maak mi över mi lustig."
„Un wat meent dat?"
„Ik bill mi in, ik weet wat, un weet doch nich, wat dorachter stickt. – Worüm büst du kommen?"
„Worüm maakst du mi 'n Haaselstock?"
„He kunn to di passen."
„Jungfer Margret hett ok een'n."
„Dat weet ik. – Wo geiht't Jungfer Margret?"
„Se ward weeniger. De Been willt nich mehr so recht un de Oogen ok nich. Bi'n Chorgebet kummt se faaken verkehrt; aver de mehrsten Psalmen kann se buutenkopp. Se mag nich mehr lesen. Ik mutt ehr vörlesen un vertellen. Se fraagt naa de Dieken, naa de Steerns, de se nich mehr seeh 'n kann, naa den Amtmann, den Müller, naa Helmer un naa Jochen Thielen, naa Dora un Daniel, naa Elisabeth un Christoffer un naa Jonathan un Anna un David – un se fraagt naa di."
„Denn laat uns trüggah'n. Du dröffst ehr nich to lang alleen laaten."
„Dat ielt nich. Se is geern alleen. Se schickt mi veel frööher von sik weg as vördem. Gah ünner de Lüüd! seggt se."
„Worüm is se in't Klooster gah'n?"
„Ehr Vadder un Mudder weer'n mitmaal nich mehr dor. Se sünd verdrunken, hebbt se ehr seggt. Aver ik denk, se glööft dat nich."
„Wat glööft se denn?"
„Dat seggt se nich. Se denk doröver naa. Se glööft, dat steiht in den Breef, den Pater Reinbrecht ehr geven hett,

as Schwester Agnes, de letzt Domina, storven weer."

„Un wat steiht dor in?"

„Se hett em noch nich opmaakt."

„Worüm denn dat nich?"

„Dat hett noch Tiet", seggt se.

To wüß Caspar nich, wat he denken un wat he seggen schull.

„Laat uns trügggah'n!" segg he denn.

Un he stünn op un reck ehr den Haaselstock mit den inkarrten Naam to. Un as he ehr den Stock in de rechte Hand legg, hööl he ehr Hand 'n lütten Stoot lang fast, un Heidewig schööt dat root över, un se töög de Hand gau trügg.

„Nu paßt du noch beter to Jungfer Margret to", segg he.

Dat wohr 'n Tiet, bit Heidewig wär opkeek.

„Pater Metternich", segg se, „will, dat ik de Profeß aflegg."

„Wat is Profeß?"

„Dat Toseggen, dat ik in't Klooster blief."

„Dat geiht doch gaar nich."

„He meent, ik kunn in een anner Klooster gah'n för 'n lütte Tiet un denn trüggkommen."

„Du schallst Jungfer Margret hier denn ganz alleen laaten?"

„Ja, för'n lütte Tiet."

„Un denn schall dat hier mit di wietergah'n?"

„Ja."

„Un wat seggt Jungfer Margret dorto?"

„Se will dat nich."

„Un worüm nich?"

„Dat is keen Leven, seggt se."

„Dat hett se seggt?"
„Dat is keen Leven för mi, hett se meent."
„Un worüm nich?"
„Dat weer nich goot för mien Mudder, seggt se, de kunn denken, ik dä't üm ehrethalben."
„Un du? Wat denkst du?"
„Ik denk, wat Jungfer Margret denkt."

Un nu schreeven se dat Johr 1705

De Helden ut uns Geschichts- un Romanbööker weer'n all noch an't Schirrwarken. In Frankriek Ludwig XIV. He harr sien Hugenotten, de nich in't Buutenland weer'n gah'n, in de Cevennen tohoopdreven un in veer Johr Krieg von 1701 - 1704 bit op'n lütten Rest ümbringen laaten. Nu leeg he noch mit Leopold I. von Österriek in'n Krieg wegen Spanien. Dit Johr nu stürv Leopold, un sien Söhn Joseph I. weer nu de Kriegmaaker – mit sien'n Böversten Suldaaten Prinz Eugen. Den harr Leopold noch dree Johr tovör ton Hofkriegsraatpräsidenten maakt.

Uns Köönig hier, Karl XII. von Schweden, harr den Nordischen Krieg anfungen geegen Dänemark, Rußland un Polen un jüst de Polen so een'n op de Näs geven, dat de Starke August von Sachsen sien polnische Köönigskroon nehmen müß un an'n Naagel hingen. Nu seet he wär in Dresden un slööp mit sien Mätressen. Dat kunn he op best. Un de Romanschriever keeken dörch't Slötellock un frei'n sik dorto.

In Rußland weer Peter I. op den besten Weg, de Groote to warden. He tööf dorop, Karl XII. von Schweden een'n op de Näs to hau'n. Dat is em 'n paar Johr laater ok best glückt. Un to weer he de Groote.

In Hannover tööf Kurfürst Georg Ludwig op de englische Köönigskroon; de Anwartschaft dorto weer em al 1701 tospraaken worr'n. Op Philipp Christoph Graf von Köönigsmarck, de ölben Johr tovör in sien Schloß in Hannover gah'n weer un nich wär vör Dag kommen, tööf he sachs nich mehr. Ik denk, he wüß worüm. – Sien Froo seet noch ümmer in Ahlden in't Amtshuus insparrt.

Se harr jüst son lütten Krink von Lüüd üm sik to as Jungfer Margret in Neeklooster. Schaad, dat de beiden sik nich kennt hebbt!

In Halle schreef een von de Gelehrten, Christian Thomasius mit Naam, een Book geegen Hexenprozeß un Quälbank. För de Froo von den Börgermeister von Buxtu keem dat hunnertföftig Johr to laat.

To laat weer't ok för Jochen Thielen, den Mörder von sien Mudder optoluur'n. Jochen weer storven. An een'n ruusigen Harvstdag een Johr tovör harr'n se em in'n Schaapkaaven bi sien Schaap funnen. De Hunnen harr'n de ganze Nacht dörch huult. To weer Helmer Viets blangen Christine opwaakt un opstah'n un harr naakeken.

Von dor an hött Helmer de Schaap, un de Hunnen gewöhnen sik gau an em.

Jungfer Margret güng op de 80 to, un dat weer to marken. Se güng nich mehr ut't Klooster; se güng aver noch to de Meß un to de Chorgebete, un Jungfer Heidewig stütt ehr, bit se in den Chorstohl Platz nahmen harr.

POLYHYMNIA

De oolen Griechen weer'n een Volk as anner ok; aver se weer'n quickleviger un klaarer bi Verstand. Un dat keem dorvon, dat se nich ut een'n Stamm weer'n. Se harr'n sik alltiet dörchmischt mit Lüüd von anner Bloot un Aart. Lüüd, de ümmer ünner sik blieft un jüm ehr Aart reinhoolt, droögt un droömelt opletzt so vör sik hin un loopt blooß noch de eegen Näs naa. Knaakenkraasch mag dor woll bi ruutkommen; aver de Verstand waßt dor nich von.

Un wo de Verstand nich waßt, bringt de Lüüd weenig vör Dag, wat ton Leven nich groot noot is. Kunst un Schriefkultur sünd nich noot, de sünd baabenher, de maakt ut Leven mehr as Eten un Drinken, Huus boo'n un sik warm anteeh'n, de maakt ut Leven ok een Fest.

De oolen Griechen dän dat: Se mööken ut Leven een Fest, de Gottheiten to Ehren.

Un dat is de anner Ursaak, worüm se uns över weer'n. Denn so veel se ok an Kunst un Schriefkultur vör Dag bröchen, so weenig dachen se, se harr'n dat ut sik sülven daan, se meenen, de Gottheiten wullen dat so un keemen jüm dorbi to Hülp. Un dorüm güngen se jüm ok üm Hülp an. För Arbeiten, de nich ton Leven noot sünd un dorüm mehr as Hand un Verstand bruukt, weer'n dor negen Gottheiten praat. De heeten se Musen. Dat weer'n den böversten Gott, Zeus, sien Döchter. Von de harr elkeen ehr eegen Flach to beschicken un liekers bleeven se ümmer tohoop, dorüm dat een för sik un alleen nix in'n Gang bringen wull. För jüm weer dat een ümmer ok mit dat anner vermaakt.

De eerst weer KLIO, de güngen de Geschichtsschriever an. Geschichte is dat, wat een maakt oder ok ut sik maakt oder wat een'n tostött. Dat kann een opschrieven op Pergament oder ok op Steen. Dor weet een denn, wat weer. Geschichte aver ward eerst levig, wenn se vertellt ward, dor denn kummt se vör Oogen un een ahnt, wat achter de schreven Schrift op Pergament oder Steen steiht. Un üm dat Vertellen güngen se KALLIOPE an.

Geschichte aver kann een op veelerlei Aart vertellen, een kann se ok op'n Theater naaspelen; un dat dän de Griechen op twee'erlei Aart. För Geschichten op Leven un Dood güngen se MELPOMENE an, för lachhafte Dummheiten, de Minschen vör Dag bringt, THALIA.

Wullen se över sik un jüm ehr Geschichte ruutkieken, rööpen se URANIA an, un weer'n se ganz mit sik togang un von Leev ümdreven, ERATO. EUTERPE rööpen de an, de Musik dorto mööken, un TERPSICHORE de, de dorto danzen wullen. Wull een nu dat Vertellen un Över-sik-ruutkieken, dat Singen un Danzen tosaamenfaaten to een'n Chorgesang, rööp he POLYHYMNIA an. De bröch de enkelten Stimmen tohoop to een Priesleed op dat Leven oder to een Klaagleed op den Dood. Un wenn't glücken dä, to beid's togliek.

Tosaamenfaaten mutt ik nu ok mien Geschichte to een Priesleed un to een Klaagleed. Un wenn mi ok mehr dornaa is, een Klaagleed op dat End von dat Nee'e Klooster to singen, kann ik't doch nich doon; denn de Kloosterlüüd klaagen nich. Se wüssen lang noog, woans de Kloostergeschicht to End gah'n müß un jüm ehr eegen ok.

Vörher aver mutt ik noch von een Stimm vertellen, de för een Tiet lang ganz ton Swiegen keem: Caspar Raatjen sien. Caspar weer naa den Gang in't Ilsmoor mit sik un de Welt eens un uneens togliek. He wüß nu, dat Heidewig nich in't Klooster blieven wull un Jungfer Margret ehr Daag to End güngen. Un mitmaal güng't em nich gau noog, un dat möök em mit sik verdweer. He keek all Daag naa Heidewig ut un tööf dorop, dat se wär ut't Klooster gah'n schull. Un se harr't woll ok daan, wenn't mit Jungfer Margret nich so leeg harr stah'n. Un as se't endlich dä naa Weken un Maand, güng he ehr naa. Se güng naa'n Paterborn, schier Quellwaater to holen. Un statts ehr antoroopen un blangen ehr an to gah'n, güng he ehr liesen naa.

Se weer in de Knee gah'n un harr sik över den Born böögt un em gliek kommen hört; aver se dreih sik nich üm. Un as sien Gesicht nu över ehr Gesicht in'n Waater to seeh'n weer, lach se em to. To fööt he ehr miteens üm. Un se sprüng op, stött sien Hannen von sik weg un keek em verjaagt an. Denn nöhm se ehr'n Waaterkruk, dreih sik üm un güng weg.

Caspar weer ehr naaloopen un harr wat dorherseggt: dat't nich so meent weer un dat se't vergeten schull un dat he't nich noch maal wull doon; aver se harr nix seggt un weer wietergah'n.

Nu güng he mit sik to Kehr, keek maalins ok in't Glas un arbeit för twee, bit he wär nöchtern weer.

Un dat keem noch slimmer. In Hornborg weer Hochtiet anseggt. Dora Hinck ehr jüngste Schwester, akraat ehr Halfschwester, heiraat' een'n schwedschen Offzier ut de Staader Garnison.

„Dor gah man mit hin", harr Daniel seggt, „denn kummst maal op anner Gedanken. Du büst nich mehr bi de Saak."

„Dat fehl ok noch", harr Caspar antert, „ik krieg hier Beer genoog."

Aver as Dora em to ok angüng, he schull mitgah'n, he hör doch to de grötter Verwandtschaap, leet he sik daalsnacken un sogaar sien neet Tüüch von Christoffer Hauschild in de Reeg bringen. He lach sogaar mit den lütten Jonathan un möök den lütten David Fratzen to, wenn he bi Christoffer ton Anpassen seet. Un opletzt kunn em dat nich gau noog gah'n, naa de Hochtiet to kommen.

Un de Hochtiet keem gau. Dat Bruutpaar seehg pree ut, tovörst de Brögam mit sien langen Ümslagstevel un den witten Kraagen över de Schullern. Daniel un Dora seehgen ok pree ut, un em düch, he paß jüstso pree dorto.

De Troopredigt in de Hornbörger Kark düch em to lang, he keek veel üm sik to op de Hochtietsgäst dor in de Karkenbänk. Kennen dä he op'n Stutz keeneen. He seehg jüm all eerstmaal blooß von achtern. De mehrst Tiet keek he op een Froo, de dree Bänk vör em seet. Se harr Haaverstrohhaar, de hüngen ehr lang daal över de Schullern. De ketteln em in de Oogen; son Haar weer nich Mood in Neekloster; aver he seehg bald, dor weer'n mehr Froons, de de Haar so dröögen. Is woll bi de Schweden so, dach he, bi de Mannslüüd jo ok.

Heidewig ehr Haar harr he noch nich seeh'n. Se dröög ümmer son Aart Koppdook mit Halskraagen. Christine ok. Un Jungfer Margret dröög ehr'n swatten Jungfernschleier. In'n Klooster lööp keen Froo mit free'en Kopp rüm.

Un he füng an, de Froonslüüd een naa de anner naa de Haar to kieken. De mehrsten harr'n se opsteken un son Aat Tellermütz doröver. Wat Heidewig woll för Haar hett? dach he. Op de Aart hör he von de Predigt nix. De Froonslüüd op de Haar kiekt, kann nich op Gotts Woort hör'n. Düüvel ok, dach he, as de Paster Amen segg, du hest nich tohört!

Bi Paster Fexer weer em dat nich passiert.

Sien Naaversch müß em anstööten, as he an de Reeg weer, ut de Karkenbank to gah'n.

„Is dat nich 'n schööne Bruut?" segg se.

„Ja", segg he un wüß gaar nich, wo he hier een Bruut harr seeh'n. Un he keek ehr gau an.

Bi so veel Froonslüüd op een'n Dutt un een vör Oogen, de nich dor is, kann een slecht kieken.

Ton Hochtietseten güng't naa Nottmersdörp op den Hoff von de von Dürings. De Brögam weer mit jüm bekannt, un se harr'n em inlaadt, de Hochtiet bi jüm to fiern. So harr he't von Dora hört.

De Waagens stünnen vör de Kark praat. Caspar stegg op den Waagen, de jüm herbröcht harr: De Kutschwaagen von't Vörwark. Helmer Viets seet op'n Kutscherbuck. Caspar sett sik blangen em. Dora un Daniel seeten achtern. Un trügg güng't op de Staader Poststraat naa Nottmersdörp.

Dor ankommen, steegen se af. Utspannt wörr nich. Helmer föhr trügg naa Neeklooster, he wull jüm to Tiet wär afhol'n. Dat Eten weer in de groot Koornschüün; de weer mit Büsch un Bloomen herricht ton Hochtietssaal: In de Mitt stünn de Bruutdisch, mit anner Dischen to een groot Veereck tosaamenstellt. Un enkelte Dischen stünnen an de Schüünwannen ümto.

As Caspar noch överlegg, wonehm he sik schull hinsetten – Dora un Daniel müssen as Verwandte mit an den Bruutdisch sitten – to wink em een Froonsminsch to, de seet an een'n von de achtersten Dischen. He kunn nich denken, dat he meent weer, un he röög sik nich. Un as se sik den ümdreih un mit ehr'n Dischherrn snack, seehg he an ehr Haar, dat't de Froo weer, de dor dree Bänk vör em in de Karkenbank harr seten. Un to wünk ok de Dischherr, mit den se jüst snackt harr, em to, un he töög een grinsig Muul dorbi, dat he eerst recht keen Lust harr, dorop intogah'n. He dä't aver doch. He sett sik op de Bank blangen de Froo. Un de Froo lach em to un fröög, woher he denn kommen dä. He segg, dat he bi de Halfschwester von de Bruut in Deenst weer as Brooereegesell.

„Na denn skaal!" segg de Dischherr; aver de Dischgesellschaft fleit em trügg un meen, eerst müß op dat Bruutpaar anstött warr'n. Un dor tööven se denn op.

As se den Bruutdrunk nu achter sik harr'n un sik sülven ok noch maal toproost, güng't an't Eten. Un se langen düchtig to. Caspar ok. Un twüschendörch proosten se sik to, un dat güng dor bald hooch her, un de Brögam schünn von'n Bruutdisch to düchtig naa. Un Caspar möök mit.

Un denn mitmaal legg de Froo dor blangen em ehr Hand ünner'n Disch op sien Been. Caspar schööt dat Bloot to Kopp, un all an'n Disch seehgen dat un lachen, as harr'n se dorop tööft. He wull opspringen, waag dat aver nich un wüß sik nich to hülpen – un lach mit.

Un dormit harr sik dat denn ok. De Gesellschaft eet un drünk un vertell wieter, un de Froo blangen em, de he nich antokieken waag, lach un vertell op mehrst un keek em ok nich an. Wat se vertell, kunn he nich verstah'n, se snack schwedisch un sassisch mang'nanner. Un em brenn dat Been, wo se de Hand opleggt harr.

He eet un wüß nich wat, un he eet hastig un harr keen'n Appetit. Un denn passier dat noch maal: De Hand legg

sik in sien'n Schoot. Un de Froo keek em liek in de
Oogen un lach un segg: „Smeckt di de Swiensbraaden
mit de Kartüffeln?" Un keeneen lach mit, se marken dat
gaar nich, se weer'n all mit sik togang. Un wat dor
brennt harr bi em, kreeg Opwind un slöög in Flammen.
To stünn he batz op un güng an de Luft. Un he lööp
rund üm't Dörp to un rünner naa de Straat, de em naa
Neeklooster harr bringen kunnt. He güng dor ok op to;
aver blooß bit naa'n Händörper Barg. Dor böög he naa
rechts af, güng dörch't Dörp naa Grundooldendörp to
un denn wär trügg naa Nottmersdörp to de Hochttiets-
gesellschaft.

Un he güng an den Bruutdisch, un he graleer de Bruut
un den Brögam. Un de Bruut segg: „Wat is mit di? Du
büst jo flatteriger as ik." Un de Brögam segg wat op
schwedisch, wat he nich verstünn. Un een, de't verstah'n
harr, översett em dat: „Hool di an de ledigen Froons, de
hier is vergeven!"

Dat weer woll son schwedischen Brögamssnack. De
em hör'n, lachen doröver, un he lach mit. Un denn güng
he trügg in de Gesellschaft; aver nich an sien'n Disch.
Un he wüß nich, wo sik hinsetten un güng wär naa buu-
ten. Un jüst wull he üm de Huuseck gah'n, to fööt em
een üm, töög em ganz üm de Eck un legg den Mund an
sien'n, so brennen heet, dat't em miteens ansteek.

„Komm!" segg se, un se greep naa sien Hand, un se
lööp mit em achter de Holtschüün, reet de Blangendör
op un töög em mit rin. Dor nu fööt se em noch maal üm,
legg ehr 'n Mund noch maal op sien'n, bit he ehr ok üm-
fööt. Un denn hantier se an sien Büx rüm, bit he ehr to
Hülp keem. He wull't nich, un he wull't doch. Un as't
daan weer, bör se den Rock hooch:

Un to seehg he een Froo.

Un dat schööt em heet un sööt dörch, un he füll op de Knee un mit den Kopp geegen ehr naakten Been.

„He du, hierher den Kopp!" segg se, un se toog em an Haar un Ohren to sik hooch. Un to seehg se, dat he ween.

„Ach", segg se, „dat wull ik nich. Ik dach, du kennst den Spaaß."

Un to stünn dor miteens een Kerlsminsch in de Holtschüündör un rööp: „Wat is? Hest d' de Wett wunnen?"

„Scherr di weg!" rööp se trügg.

„Ja, is jo goot", segg he. „Ik betahl."

As se nu jüm ehr Kledaasch wär in de Reeg harr'n, segg se: „As ik an de Reeg weer, hebbt se mi mit Gewalt nahmen, un se hebbt lacht – un *ik* heff weent. Nu krieg ik jüm an de Reeg un lach över son lachhaft Doon. – Komm, laat uns von de Gesellschaft weggah'n, jichenswohin, wo keen Mannslüüd un keen Froonslüüd sünd!"

Aver Caspar stött ehr de Hand trügg un lööp weg un keek sik nich mehr üm.

Den annern Morgen keem Daniel in de Waschkök un keek em to. „Woans büst du naa Huus kommen un wann?" fröög he.

„Ik bün tofoot gah'n."

„Kerl, du hest di noog woschen! Son Brand hest doch woll nich hatt, dat du di twee Ammel Waater övergeeten mußt!" Un Caspar keek hooch un lang dat Handdook her.

„Wull di an'n Aabend noch seggen, op de Aart Froons, mit de du dor an'n Disch seten hest, muß d' oppassen. De mögt Mannslüüd un Geld. Aver ik heff't vergeten. Hett woll ok so goot gah'n."

„Hett't woll", segg Caspar.

„Dat schient mi nich so", segg Dora, de dortokommen weer. Caspar segg nix. He keek ok nich wär hooch. Den annern Dag segg he, he wull för'n paar Daag naa Huus, naa Staad. –

Mit Jungfer Margret weer't dorhin kommen, dat se ümmer faakener nich to rechten Tiet to dat Chorgebet keem. Un as 't maal gaar to lang duer, harr Jungfer Heidewig de Dör to ehr Klausur-Kaamer op maakt un naakeken. Dat harr se anners nich daan, un dat weer ok nich begäng, dat een in de Klausur-Kaamer güng, dat dröff blooß de Domina.

Un Jungfer Margret frei sik un segg: „Hülp mi maal op! Ik komm swaar ut den Stohl. Ut't Bett geiht't noch, dor kann ik mi op de Siet dreih'n un dat een Been op de Eer bringen un dat anner naasetten, kann mi naa vörn böögen un mi an den swaaren Lehnstohl hoochteeh'n. Dorüm heff ik em so dicht an't Bett stellt. Un wenn ik eerst stah, komm ik togang. Aver op'n Stohl setten, dröff ik mi nich mehr. Dor bruuk ik Hülp bi'n Opstah'n."

Aver dat duer man sien Tiet, to güng ok dat nich mehr, un se keem ton Liggen, un Jungfer Heidewig hööl de Chorgebete mit ehr op de Klausur-Kaamer un bröch dat Eten ok dorhin.

Un dat wörr stiller in't Klooster. Un de Naaricht, dat Jungfer Margret weer ton Liggen kommen, lööp dörch't Dörp. Un ok dor wörr't stiller.

Blooß Pater Metternich füll noch maal ut de Rull un kreeg jüst den Sünndag, as Jungfer Margret dat eerst Maal nich to de Meß keem, de Predigtwut. He predig wedder maal över un geegen den Ehestand. Ditmaal weer de Geschichte von David un Bathseba an de Reeg: Toeerst töög he över Bathseba her, dat se sik dor naakt vör ehr Huus harr waschen mücht un den armen David den Kopp verdreih'n, denn över David, dat he sik so ton Narren harr maaken kunnt un achter son Froonsminsch her weer, un denn töög he över Salomo her, de bi son Öllern ok nich veel mehr as Froonslüüd harr in'n Kopp kriegen kunnt un laaterhin Götzendeenst mit jüm dreef. Un denn keem Jesus achterher, de mit all dat nix to doon harr hatt.

Merr'n in de Predigt dä Baltzer, wat he noch nie nich daan harr: He stünn op un güng ruut ut de Kark. Un de annern hör'n to oder hör'n ok nich to: Se dachen so un so an Jungfer Margret. Un Caspar Raatjen, den de Predigt harr naagah'n kunnt wegen de naakte Froo, weer nich dor, un Jungfer Heidewig, de se harr naagah'n kunnt wegen ehr Mudder, weer ok nich dor. Se seet bi Jungfer Margret. Un de Tohörer argern sik för sik hin. Dor weer'n aver man weenig kommen.

Den annern Sünndag, as sik dat rümsnackt harr, dat't mit Jungfer Margret to End güng, keemen mehr. Un Pater Metternich hööl een Predigt över een Woort ut dat Book von Salomo: „Schöön un pree wän is nix; een Froo, de Gott in Ehren hult, de schall een ok in Ehren hool'n."

Un de de Predigt hör'n, de hör'n se geern, un se verstünnen se.

Un de Daag güngen dorhin. Noch ümmer slöög Baltzer de Glock to de Chorgebeten an. Un Pater Metternich seet alleen in'n Chorstohl un les de Psalmen, un Tirso speel de Orgel, un Christine seet dor, un Helmer Viets kccm to de Complet as ümmer. Ok de Müller sett sik faaken dorto un Christoffer Hauschild oder Elisabeth – een von jüm keem, un Dora un Daniel höölen't jüstso. Un denn weer't sowiet. Jungfer Heidewig bleef den ganzen Dag bi Jungfer Margret. Christine löös ehr faakenins för twee-dree Stunnen af, dat se ok maal to Slaap keem; naa Helmer güng se diss Daag nich.

An een'n Morgen nu, naadem dat se de mehrst Tiet mit slaaten Oogen harr legen, weer Jungfer Margret hellwaak un segg to Jungfer Heidewig mit liesen Stimm: „De Breef!" Un Heidewig müß sik daalböögen, so liesen snack se. „De Breef is för di. Wenn ik em lest heff, nehm em an di!" Un Jungfer Heidewig seehg den Breef dor op dat Küssen blangen ehr'n Kopp liggen un segg dat to.

Denn füllen ehr de Oogen gliek wär to, un dat Lufthol'n wörr swaarer un swaarer un sett bituurn ganz ut.

To güng Heidewig ut de Kaamer un segg Christine Bescheed, un Christine hol Baltzer, un Baltzer hol Tirso, un se güngen mit'nanner hooch in Jungfer Margret ehr Klausur-Kaamer. Un se seehgen, dat Jungfer Margret een'n Breef in de Hand hööl un dat lütte Krüüz, dat se ümmer vör de Bost dröög. Un se keeken ehr an, un se tööven dorop, dat se de Oogen noch maal opslah'n schull. Se dä't aver nich, se hach mit aapen Mund vör sik hin.

Un Pater Metternich keem un wull ehr noch een Oblaat in den Mund doon, dä't aver nich un legg se trügg in den Kelch. „Nu laat ehr mit Heidewig alleen!" segg he. Un se slöögen dat Krüüz un sän een Gebet un güngen een naa'n annern ruut.

Dat duer aver noch de Nacht dörch bit ton annern Middag, denn eerst slööp Jungfer Margret in. Un Heidewig wull ehr den Breef ut de Hand nehmen; aver se seehg, he weer nich opmaakt. Un to müch se't nich doon.

Un se segg ehr Psalmengebet för dissen Dag, un se güng naa ünnen in't Refektorium, un dor stünnen se all un tööven: Christine, Baltzer, Tirso un Pater Metternich. Se weer'n den ganzen Dag bi'nanner bleven. Un se keeken Heidewig an, un Heidewig nick jüm to.

Un se harr'n keen Traanen, un se kreegen ok keen. Se frei'n sik, dat't so gau un so goot to End weer gah'n. Se harr'n jüm all starven seeh'n: Beeke, Gheseke, Margareta von Düring un Agnes von Scharnebek. In't Klooster wüssen se't all: Leven is Inööven in't Starven.

Se wüssen dat lang, un dorüm wüssen se ok, wat nu to doon weer. Blooß Pater Metternich wüß dat nich; he füng an, den Dood to organisieren. He wull ut de Beerdigung 'n Missionsdag maaken. Un dat paß jüm nich. Se wullen, dat Magister Fexer keem. Un Baltzer güng hin naa Abbenhuusen un hol em.

Un Magister Fexer segg: „Se ward in'n Krüüzgang bisett, so as all de Priorinnen; denn se weer een. Se weer de ultima priorissa. Se kummt nich op'n Karkhoff."

Un Magister Fexer güng naa den Amtmann un segg em dat. Un de Amtmann wull't nich. De letzte Priorissa weer 1652 in'n Krüüzgang bisett worr'n, un dat Klooster weer keen Klooster mehr un also ok keen Platz for een Graffstä.

Aver he harr se all geegen sik – un he geef naa.

To de Beerdigung keemen nich so veel Lüüd as to Schwester Agnes ehr kommen weer'n. Jungfer Margret harr keen Tohörer in de Kark sungen. Aver de Dörpslüüd weer'n dor un ut de Naaverdörper un ut de Stadt ok welk.

De Neeschier weer to groot: De Dood hett ümmer sicn Publikum. Magister Fexer weer dor un Heidewig ehr Mudder, de harr he mitbröcht. Un Caspar Raatjen weer dor. Daniel harr em Naaricht tokommen laaten.

Heidewig kreeg em gliek to seeh'n, liekers he sik mehr versteek as vörwies.

Geiht een Geschichte, de över veerhunnert Johr hett wohrt, to End, gifft dat veel to seggen: Un Pater Metternich segg veel, schoonst he dor op weenigst von wüß un belevt harr; aver he weer as Bichtvadder för Jungfer Margret schickt worr'n, un een'n Klooster-Probst geef dat nich mehr, un een Domprobst ut Verden, Bremen oder Hildesheim harr'n se nich schickt.

Naa de Doodenmeß un de Beerdigung in'n Krüüzgang bröch Heidewig Magister Fexer un ehr Mudder 'n Stück lang op den Weg naa Abbenhuusen. Se hoff, dat Caspar ehr op'n Trüggweg to Mööt kommen schull. Un he dä dat.

He seehg farig ut un blaß, un Heidewig dach nich anners as, de Beerdigung güng em naa, un se schäm sik meist wat, dat't ehr nich so güng, un se sik frei, em to seeh'n.

He snack wat dweer un dwars dorher, worüm he naa Staad harr müßt un nu ganz verjaagt weer, dat't mit Jungfer Margret so gau harr gah'n. Woans dat gah'n harr, fröög he nich un ok nich, wat Heidewig nu doon wull.

He segg: „Ik mutt di noch wat seggen."

„Denn doo dat."

„Nee, anner Maal, nu nich."

Un denn wüß he mitmaal nix mehr to seggen un lööp kopplahm blangen ehr her, keek ehr ok nich an, wenn he wat segg un anter blooß noch mit Ja un Nee, bit Heidewig segg: „Ik gah övermorgen to mien Mudder. Wenn du magst, kannst mitgah'n."

„Ja", segg he gliek un keek ehr wär an. Un he schien sik to frei'n, as he den Weg naa de Brooeree kunn inslah'n un kunn alleen gah'n. Bi de Kloosterlüüd, bi Christine, Tirso un Baltzer, güng de Arbeit eerstmaal so wieter. Jüm ehr Arms un Been funktionieren, jüm ehr Verstand lööp blangento. Heidewig weer al twee-dreemaal naa Jungfer Margret hoochgah'n; eerst op de Trepp füll ehr in, dat se nich mehr dor weer.

In den Chorstohl güng se nich mehr, so veel Pater Metternich ok plaagt harr, se schull't doon un sik em geegenöver setten. Se dä't nich. Se sett sik in de Karkenbank blangen Christine, un Pater Metternich les de Psalmen alleen. Bi de Vesper keem Helmer Viets noch dorto un sett sik blangen Baltzer, as ümmer. Annerseen keem nich mehr. Ok Caspar Raatjen nich. He tööf op den Dag, wo he mit Heidewig naa Abbenhuusen gah'n kunn.

Un de Dag keem, un se güngen dörch't Kloosterholt, un se sän weenig. Eerst as se dat Holt achter sik harr'n, füng Caspar an:

„Ik heff di bedraagen", segg he.

Un ehr se fraagen kunn, wat he meen, füng he an to vertellen, un he vertell Woort för Woort, wat dor weer wän op de Hochtiet in Nottmersdörp. Un Heidewig hör to, eerst verwunnert, denn neeschierig un denn verjaagt. Se legg beid Hannen an de Ohren un rööp:

„Hool op!"

„Se weer een Hex", segg he, „un he de Düüvel!"

„Swieg still! – Worüm vertellst du mi dat?"

„Wo schall ik denn anners mit mi hin?"

To güng se noch 'n Stoot mit em to, denn dreih se mitccns üm un lööp trügg – naa't Klooster to.

Un he lööp achter ehr her, un he rööp ehr'n Naam, un he bettel, se schull stah'n blieven. Se dä't aver nich.

In'n Klooster ankommen, güng se in ehr Klausur-Kaamer. Ton Eten keem se nich, to dat Chorgebet nich un ton Arbeiten ok nich. Un Christine segg: „Laat ehr tofree! Dat Jungfer Margret fehlt, weet se nu eerst."

Naa akraat dree Daag keem se wär rünner in de Kök, blaß un utweent un klaar bi Hand un Verstand un dä ehr Arbeit. Se dän all jüm ehr Arbeit: Christine in Kök un Gaarn, Baltzer op'n Kloosterhoff, Tirso speel de Orgel. Blooß Pater Metternich wörr von Dag to Dag unrastiger, he snack bi'n Eten rund üm sik to. He wull sien Amt behool'n för de katholischen Lüüd, de dor noch weer'n, tovörst för de Suldaaten in de schwedische Garnison; denn to Sünndagsmeß weer dor ümmer noch 'n lütten Krink von Lüüd bi'nanner.

Amtmann Hartmann leet sik de eersten Daag naa de Beerdigung weenig seeh'n. He weer, as Jungfer Margret ton Liggen weer kommen, 'n paarmaal dörch dat Klooster streken, un eenmaal weer Christine op em togah'n un harr seggt: „Na, di geiht't woll nich gau noog. Schüllt wi ehr wat in't Eten doon?"

To harr he sik op de Stä ümdreiht un weer weggah'n. Nu aver harr he Order von Staad, von de Regierung: He schull sik mit den Pater tohoopdoon un all, wat dor an Wertstücken un Zierrat noch in de Kark weer, tohoopdrägen un von een'n Notarius een Inventarium opstell'n laaten un denn, wat dor weer, an een'n sichern Platz bringen – bit de Order dor weer, wo't blieven schull. Un dat dä he denn, segg aver twee Daag vörher Pater Metternich Bescheed, un de segg Magister Fexer Bescheed. Un Magister Fexer keem un segg, twee Kelche schullen in de Kark blieven, de bruuken se för't Aabendmahl. Un de Amtmann harr nix dorgeegen. He weer so un so nich op Sülverstücken ut, he weer op dat Refektorium un Dormitorium ut, dor wull he 'n Koornschüün för dat Vörwark ut maaken.

Un Pater Metternich kreeg Order, he schull sien Backsbeer'n packen un afreisen. Un he wehr sik. He schreef an Pontius un Pilatus; he wull Bichtvadder un Preester för de Katholiken blieven, tovörst för de Suldaaten. De weer'n sien Haupttrumpf. To kreeg he to weten, de Suldaaten kunnen in anner Deenst gah'n oder desertieren, wenn jüm de schwedsche Religion nich paß. Sien Deenst un sien Tiet weer'n afloopen.

Aver he güng nich, un he kreeg noch maal Bistand von Georg Friedrich von Marschalk op Lohmöhlen, de weer mit sien Lüüd katholisch bleven. Ok dat nütz nix.

In'n November 1705 is Pater Metternich afreist.

Magister Fexer hett nich mitdaan, em to hool'n. Weer't Pater Reinbrecht wän, harr he sachs mitsnackt.

To Wiehnachten weer dor keen katholische Meß mehr in Neeklooster. Magister Fexer aver steeg dor nich op de Kanzel. Un em weer dat recht. Neeklooster weer von Abbenhuusen weg nu Bliersdörp toslah'n worden. Un Paster Dietrich Otte ut Bliersdörp hett denn to Neejohr 1706 den eersten evangelischen Gottesdeenst in Neeklooster hool'n.

Un Christine un Helmer, un Baltzer un Tirso, un de Amtmann un de Amtsschriever un de Müller un de Snieder un Schooster Cuhrs un Heidewig un Caspar Raatjen mit Dora un Daniel seeten dor un hören to. Un se hören nich to. Se dachen an Jungfer Margret un an Schwester Agnes un an Beeke Eckhoff un Oda von Rönn, an Gheseke Pahl un an Margareta von Düring un an Pater Reinbrecht un Pater Bernhard un an Magister Fexer un an sik sülven. Un Tirso speel de Orgel dorto. Dat harr Paster Otte em verlööft. Wat wieter warden schull, harr he seggt, wullen se laater överleggen.

Wat wieter worden is, weet ik nich. Dor hebbt de Geschichtsschriever nix von opschreven, un een, de Geschichte vertellen will, sitt dor mit nix an de Hand swaar an.

Ik nehm an, Christine is to Helmer taagen, un se hett för de Lüüd in't Vörwark kaakt oder is mit op Dagloh'n gah'n. Baltzer is för Handarbeiten in't Klooster bleven, oder he is ok op Daglohn gah'n un Tirso ok, un se sünd beid nahstens in't Armenhuus kommen.

Magister Fexer harr mit sien Armenkass vörsorgt, un Daniel, de se för Neeklooster in Verwohrens harr, hett wüßt, woto se in Neeklooster goot is.

Naa Lüüd ut't Armenhuus kreiht keen Geschichts- un keen Romanschriever naa. Dorbi harr'n se mit Baltzer un Tirso twee Invaliden ut de letzte Schlacht üm Buxtu ut dat Johr 1675 hatt, de een'n Roman woll weert weer'n: De een harr bi't Attackier'n dree Finger verlor'n, de anner bi't Desertier'n sien Haar. „De een ut Dummheit", segg Schwester Agnes, „de anner ut Klookheit."

Naa Tirso sien Gebölk harr'n de Generaalen den Angriff afblaast un mit Kanonen op de Stadt scheeten laaten.

An de sößtig Hüüs weer'n dorbi afbrennt. Un de schwedische Kommandant Hamilton wull't nich mit anseeh'n, sien paar Suldaaten ok nich un de Lüüd in Buxtu al lang nich. He hett kapituliert. Un he dröff mit sien Suldaaten naa Staad hin free afteeh'n. As se an dat Nee'e Klooster vörbikeemen, hebbt sik de Jungfern an de Straat opstellt un jüm wat to drinken geven.

„Un de Kommandant", segg Schwester Agnes, „hett fraagt, woans dat Tirso güng."

Dat aver wull Tirso nich glööven un 'n Barg anner Lüüd ok nich. Bi all, wat vertellt ward, is man dat Halve wohr. Wohr is: Kommandant Hamilton is in Staad för't Kriegsgericht kommen un dorüm, dat he de Stadt to frööh harr övergeven, hinricht worr'n. Dat steiht schreven.

Schreven steiht ok, wat ut Heidewig worden is. Se hett Caspar Raatjen heiraat. In't Karkenbook steiht för den 14. September 1706 indraagen:

Ratjen, Caspar Friedrich (heiratet)
Engelken, Heidewig – Magd bei der katholischen Jungfrau

Worüm se eerst een Johr laater hebbt heiraat un wat se in de Twüschentiet maakt, weet ik nich. Dor denk ik noch över naa.

Worterklärungen und Anmerkungen

S. 6 *Domina* - Äbtissin oder Priorin
ultima professa - die letzte Nonne
Konventualin - stimmberechtigtes Mitglied des Konvents eines Frauenklosters
Konsistorium - kirchliche Aufsichtsbehörde, in evangelischen Landeskirchen nach der Reformation anstelle des Bischofsamtes eingerichtet

S. 9 *De Groote Krieg* - der Dreißigjährige Krieg
Häger - Eichelhäher

S. 11 *Nee'enwohld* - heute Neuenwalde

S. 14 *Händörp* - heute Hedendorf

S. 15 *Nottmersdörp* - heute Nottensdorf
Bliersdörp - heute Bliedersdorf

S. 16 *Abbenhuusen* - heute Apensen
Magister Burchard Christoph Fexer (1654-1725), 1679-1725 Pastor in Apensen. Sein Epitaph befindet sich noch heute in der Kirche.

S. 22 *Praesta, quaesumus ...* das Gebet für eine verstorbene Priorin lautet: Wir bitten Dich, o Herr, daß die Seele Deiner Dienerin, Agnes Priorissa, die Du während ihres Lebens mit dem heiligen Amte ausgezeichnet hast, auf glorreichem Himmelsthrone ewig frohlocke. Durch unsern Herrn.

S. 23 *Vesper-Hora* – das klösterliche Chor- oder Stundengebet am späten Nachmittag

S. 25 *Laudes* – das Chorgebet am Morgen

S. 27 *De Swatte Gard* - Die Schwarze oder auch Große Garde, eine 3000-4000 Mann starke Söldnertruppe, die, 1499 von Oldenburg kom-

mend, durch das Stiftsland Bremen-Verden zog; am 17.2. 1500 in der Schlacht bei Hemmingstedt in Dithmarschen völlig aufgerieben.
Probst - Leiter der äußeren Angelegenheiten eines Klosters

S. 29 *Hornborg* - heute Horneburg
S. 30 *Neekarken* - heute Neuenkirchen
S. 31 *Priorin* - Vorsteherin eines Klosters, auch Priorissa
Subpriorin - ihre Stellvertreterin
S. 32 *Laienschwester* - Klosterangehörige ohne Gelübde
Novizin - Nonne während der (meist siebenjährigen) Probezeit
Magister Gerhard Halephagen (gest. 1485) bedeutender Buxtehuder Geistlicher, der führende Kopf der norddeutschen Kloster- und Kirchenreform.
Konkubine - Beischläferin/Geliebte
S. 35 *Ora et labora* - bete und arbeite
S. 39 *priorissa priorissima* - die bedeutendste der Priorinnen eines Klosters
Middagshora - das Chorgebet in der Mitte des Tages
S. 47 *Marienaltar* - ein Werk Meister Bertrams oder seiner Schüler; heute in der Hamburger Kunsthalle. (Meister Bertram, 1345-1415)
S. 49 *Laadcoop* - heute Ladecop
S. 50 *Jörk* - heute Jork
S. 52 *Heestern* - junge Eichen oder Buchen
S. 54 *Beesen* - Binsen
Wichel - Sal-Weide

	Inventarien - Einrichtungsgegenstände
S. 55	*Waaterjungfern* - Libellen
S. 57	*Heister* - Elster

Haasel - Haselnuß
Margareta von Antiochien - kath. Heilige (um 300), meist mit Kreuzstab dargestellt
Präfekt - hoher Militär- oder Zivilbeamter

S. 58 *ton Wraak* - zum Ärger
S. 61 *Iss* - heute Este oder Est
S. 71 Das erwähnte Altarbild befindet sich noch heute in der Dorfkirche zu Neukloster.
S. 77 *Profeß* - die Ablegung der Klostergelübde nach dem Noviziat – daher Professa
S. 78 *Flett* - der Raum um die offene Feuerstelle in alten Bauernhäusern (Nicht zu verwechseln mit *Fleeth* - Wassergraben)
S. 85 *Hud'* - Anlegestelle für Schiffe
S. 90 *ad paucos dies residue vitae meae* - für die wenigen Tage meines verbleibenden Lebens
S. 98 *Bossel* - heute Borstel
S. 106 *Dominica invocavit* - der erste Fastensonntag
S. 108 *Liturgie* - die amtlich geregelte Gottesdienstordnung oder kirchliche Amtshandlung
S. 109 *Friedrich Spee von Lengenfeld* (1591-1635), Jesuit, Professor in Paderborn, Gegner der Dominikaner, schrieb „Cautio criminalis" - Schuldurkunde des Verbrechens
S. 114 *Bischof de Spinola,* Spanier, (gest. 1695); seit 1686 Bischof von Wien-Neustadt, treibende Kraft für eine Vereinigung zwischen Katholiken und Protestanten – gemeinsam mit *Gerhard Molanus* (1633-1722), Abt des Klosters Loc-

cum und Direktor des evangelisch-landeskirchlichen Konsistoriums in Hannover, und *Gottfried Wilhelm Leibniz* (1646-1716), Universalgelehrter, Philosoph.

S. 125 *Issbrügg* - heute Estebrügge

S. 127 *Dominus exaudivit orationem meam* - Gott hat meine Bitte (oder Gebet) erhört
Laus tibi, Domine, Rex aeternae gloriae - Lob oder Dank sei Dir, Herr, König, der ewigen Herrlichkeit!
Haav - Habicht

S. 133 *Die Pflanzennamen: Snaakenkruut* - Tüpfelfarn, *Kattensteert* - Wald-Ziest, *Gagel* - unechter Porst, *Duwak* - Ackerschachtelhalm, *Giersch* - Dreiblatt
Ringelsnaak - Ringelnatter

S. 139 *Haarborg* - heute Harburg

S. 146 *Arp Snittger* (1648-1719) norddt. Orgelbauer, beigesetzt in *Neefeld* - heute Hamburg-Neuenfelde

S. 150 *reisen Tääf* - läufige Hündin

S. 154 *eldanken* - langweilig
Karpen - Karpfen, *Häk* - Hecht
Kork - hier Pose

S. 163 *wööpsch* - von Wööpsch - Wespe

S. 166 *Meidenborg* - heute Magdeburg

S. 173 *inkarr'n* - einkerben

S. 182 *pree* - hervorragend, stattlich